幸福播撒太行山

——李保国在太行山区扶贫纪事

贾兴安　高玉昆◎著

河北出版传媒集团
花山文艺出版社

图书在版编目（CIP）数据

幸福播撒太行山：李保国在太行山区扶贫纪事 / 贾兴安，高玉昆著. —石家庄：花山文艺出版社，2016.6

ISBN 978-7-5511-2881-0

Ⅰ.①幸… Ⅱ.①贾… ②高… Ⅲ.①报告文学—中国—当代 Ⅳ.①I25

中国版本图书馆CIP数据核字(2016)第132635号

书　　名： 幸福播撒太行山
——李保国在太行山区扶贫纪事

著　　者： 贾兴安　高玉昆

策　　划： 张采鑫　赵锁学

责任编辑： 郝卫国

责任校对： 李　伟

封面设计： 景　轩

美术编辑： 胡彤亮

出版发行： 花山文艺出版社（邮政编码：050061）
（河北省石家庄市友谊北大街330号）

销售热线： 0311-88643221/29/31/32/26

传　　真： 0311-88643225

印　　刷： 大厂回族自治县正兴印务有限公司

经　　销： 新华书店

开　　本： 700×1000　1/16

印　　张： 12.25

字　　数： 160千字

版　　次： 2016年6月第1版
2016年6月第1次印刷

书　　号： ISBN 978-7-5511-2881-0

定　　价： 28.00元

李保国同志35年如一日，坚持全心全意为人民服务的宗旨，长期奋战在扶贫攻坚和科技创新第一线，把毕生精力投入到山区生态建设和科技富民事业之中，用自己的模范行动彰显了共产党员的优秀品格，事迹感人至深。李保国同志堪称新时期共产党人的楷模，知识分子的优秀代表，太行山上的新愚公。广大党员、干部和教育、科技工作者要学习李保国同志心系群众、扎实苦干、奋发作为、无私奉献的高尚精神，自觉为人民服务、为人民造福，努力做出无愧于时代的业绩。

——习近平

目　录

昔日太行山140万亩荒山如今变成了青山绿水，金山银山

引子　你的幸福我包了

有一个人的名字，如今依然响彻在河北省西部的太行山区。

从内丘县到临城县，从邢台县到南和县，从浆水镇到前南峪，从岗底村到南沟村，从凤凰岭、狐子沟再到村后垴、树莓谷，道道山梁，条条沟坎，畦畦田垄，户户院落，都摇曳着他矫健的身影，都镌刻着他铿锵的足迹，都浮现着他朴实可亲的音容笑貌。

尤其是在每年的阳春三月，百花吐蕊，果树枝头绽放艳丽芬芳的时候，在树丫间、叶瓣上、花朵里，都回荡着他那悦耳的“咔嚓咔嚓”的剪刀声。

如今的前南峪是太行山最绿的地方之一

绵延数百里的太行山区成千上万的父老乡亲，都是他亲密无间的朋友。

是啊，在河北西部的太行山一线，起起伏伏的丘陵和莽莽苍苍的群峰绵延了数百公里，隐翳着无数大大小小的村庄。在他去过的山旮

平山县葫芦峪已经成为现代农业示范园区

临城绿岭的薄皮核桃产业越做越大

内丘县岗底村的苹果论个卖，一个能卖到几十元

旯里，只要随手指向一片果园，他都能不假思索地脱口说出这是谁家的，有几亩，多少棵，收益怎样。果园主人住在村里的什么位置，家里共有几口人，孩子多大，老人年岁，他都一清二楚。

在他上千条的手机通讯录里，山里的农民占了百分之六十；在他众多的微信群里，都起着他自己编创的一串串便于识别的独特名字：“岗底苹果”“绿岭薄皮核桃”“红树莓”等等。

而他自己，从有微信起，就把自己的昵称命名为“老山人”。在这里，“老”代表着永远的意思，他希望自己“永远是山里人”。

微信上的这个“老山人”真名叫李保国，河北农业大学林学院二级教授、博士生导师，1958年2月出生于河北省武邑县，2016年4月10日凌晨因心脏病突发不幸去世，年仅58岁。

噩耗传来，各方震惊。河北省委书记赵克志、省长张庆伟都在第一时间作出批示，要求在全省开展向李保国同志学习的活动。特别是在邢台太行山区的临城县、内丘县、邢台县，数以万计的干部和群众黯然神伤，有的悲情难抑号啕大哭。大家没人相信自己心目中的“财神爷”会突然离去，许多农民一遍遍打电话反复求证和核实这是不是真的……

内丘县岗底村负责果树技术管理的村民梁国军，打开微信告诉我们说："根本不相信，你看，这是前几天李老师发给我的微信，还教我怎样治理村里的苹果树呢。"

在微信上，"老山人"李保国回答梁国军道："收到了吗？用100倍的氨基酸和2000倍赤霉素灌根，树上喷赤霉素1500倍加萘乙酸1000倍。"

三十多年来，李保国一年之中有200多天是在太行山农家的果园中度过

原来，村中杨书合家的苹果树，开春后长出的叶子又窄又长，不知道怎么回事，问梁国军，他也不知咋啦，于是就在微信里向李保国

请教，并把树叶拍照后发给了李保国。李保国通过微信先教他如何治疗，并说过几天会亲自来村里……

梁国军含着泪说："说李老师不在了，这怎么可能，他说他要来的……"

在采访村民杨群书时，他说不下去了，哽咽道："现在想想，我当初有点对不起李保国老师，人家都是为我好，可我当时还不理解……"

"把农民变成我"，这是李保国最"过瘾"的事儿了

那是1997年李保国刚到村里指导苹果种植和管理时，他号召大家给谢花的苹果套上纸袋，目的是保护苹果生长，这样结出的果实皮薄、肉鲜、色好。为了消解村民的疑虑，李保国自己花了5万元买了16万个纸袋带到村子里，免费发放给果农，称以后苹果卖出好价钱了，再还他纸袋钱。当时一斤苹果才卖一块来钱，可纸袋的成本每个就要0.31元，所以杨群书不理解，认为将来会赔本。李保国劝他套，他还跟李保国吵架，说："为啥花这 3 毛多钱把苹果罩住？那以后皮还会红？你是糊弄我让买你的纸袋吧，我就是不套。"李保国耐心地向他解释："说科学，你不懂，我跟你打个比喻吧。这苹果就像人的脸，如果整天风吹雨打日头晒，是不是会很粗糙？用袋子罩上保护起来，就像女人使了防晒霜，将来苹果成熟后，好看又好吃。"杨群书还是不干："罩住没太阳照射，能红？咱不信。"李保国笑笑："到时袋子摘下，几天就上色了。"杨群书还是不信，发了5箱子纸袋只用了很少一点儿，还私下里说李保国的闲话。李保国路过杨群书的苹果园，见状指着他叫道："老杨，为你好，你

不听，等那套袋的苹果值了钱，你就想起我的好儿了……”果然，别家套袋的苹果按李保国指导的时间摘掉后，一见阳光，不几天工夫就全红了，不但皮薄还又脆又甜，一斤能卖到2.5元，比不套袋的贵出了一倍还多，杨群书后悔莫及。

说到这时，杨群书的泪水潸然而下：“李教授走了，他处处为我们好，我还曾说三道四，想想以后再也见不到他了，我就难受得不行，好几天睡不着……”

临城县绿岭公司的负责人高胜福接到李保国助手齐国辉的电话，说李老师走了，高胜福平静地问：“去哪了？”齐国辉却哭着说：“李老师不在了……”高胜福震惊地连问三遍才相信。高胜福迷茫着双眼说：“真不敢相信自己的耳朵，不敢相信更不愿意相信这是真的，几天来就像做梦一样，多想叫梦醒来，李老师就在我的眼前，就站在我的身边……”

李保国在果园现场传授技术，山区的农民听得懂，最爱听

2016年4月12 日上午，举行李保国遗体告别仪式，保定市举城皆哀，数千人自发前往殡仪馆送别李保国教授最后一程，各种私家车蜿蜒数公里，把保定南半城堵得水泄不通。邢台岗底村、绿岭公司、前南峪等地都设有灵堂，并有数百人自发前往保定殡仪馆吊唁、送行。

2016年4月18日，邢台市委举行河北省内首场李保国先进事迹报告会，并将以专题片、通讯、报告文学、话剧等形式，全方位、多角度宣传李保国同志先进事迹；以政府、企业共同出资方式，设立李保国科技奖励基金，用于奖励为邢台发展做出突出贡献的科技人才，让其精神传承下去；依托内丘县岗底村富岗科技馆，建立李保国纪念馆，永久保存有关李保国同志事迹的实物、文字及影音资料。

为了尽快让太行山区的乡亲们脱贫致富，李保国经常夙兴夜寐

李保国生前是全国劳动模范、我国知名经济林专家、山区治理专家、国务院政府特殊津贴专家、全国科技特派员、河北省特等劳模、“燕赵楷模”、省管专家、河北省科学技术突出贡献奖获得者。先后荣

获国家科技进步三等奖1项、省部级科技进步二等奖7项、省部级科技进步三等奖9项以及河北省科学技术突出贡献奖；出版《太行山板栗集约栽培》《绿色优质薄皮核桃生产》等专著，发表学术论文100余篇。

本来是一个大学教授，其职责是在校园里教书育人，然而，35年来，李保国硬是把“学问”做到了荒坡秃岭，把“课堂”搬到了田间地头，把“论文”写到了巍巍太行山上，把“学生”带到了一片片果园里。他的教案是山里那一棵棵数不清的果树，而果树上结出的累累硕果是他最有价值的学术成果。他成了地地道道的“农民教授”“土专家”“乡村技术员”，被广大老百姓誉为“科技财神”“学问福星”。他是山区果农们的“贴心人”“技术把式”。逢年过节，他是乡亲们争相邀请的贵客，一顿饭要像“跑片”那样轮流到十来家炕头上去吃，哪家落下了都不高兴。

有人把他誉为“当代愚公”“太行新愚公”。其实他比“愚公”要聪明得多，也伟大得多。愚公是挖山不止，而李保国不挖山，而是治山，靠科学技术让“荒山披上绿衣裳”，把世代寸草不生、“兔子不拉屎”的荒山野岭改造成了财源滚滚的果林良田；让山里的果农摘掉穷帽子，让他们真正享受到“靠山吃山”，让他们真正过上幸福的好日子。

着装很随意，手握剪枝剪，开口大嗓门，这是太行山区果农最熟悉的李保国

“你的幸福我包了。”

这句话，是他曾经对内丘县岗底村村民杨群小说过的。为了兑现这个“七字承诺”，他以自己毕生的智慧和力量，“承包”了数以万

计果农的幸福，并为此付出了巨大的生命代价。

今年56岁的杨群小，二十多年前总是早出晚归去外面建筑队打零工，有一次在街上碰到在这里指导种苹果树的李保国。李保国上前截住了他，亲切地说："群小，整天去外面跑啥，挣不了个钱，你都不能种点苹果树？"杨群小皱着眉头嗫嚅道："我不懂这个，再说那能挣钱吗？"李保国拍拍他的肩膀："兄弟，听我的，种吧，技术上我负责，你家两个孩子，光靠打个小工挣点小钱，养不起家，供不起两个孩子上学，哪会有好日子可过？你只要听我的，你以后的幸福我包了。"

杨群小听了李保国的话，承包了村里三亩三分地，种了200棵苹果树，三年后果树扬花挂果，第一年就挣了4千元，第二年收入8千元，如今一年收入近10万元，不但供两个孩子上中学、上大学，还盖了楼房买了小轿车，幸福生活比蜜甜。

为了实现"别人的幸福"，他的誓言是——"把我变成农民""把农民变成我"。

李保国说到做到，背起行囊，上山下乡。

他为农民谋幸福，与果林为伴，在山里睡眠。

这件大红色的冲锋衣是爱人郭素萍特意给李保国买的，为的是能够在人群里一眼把他认出

从20世纪80年代起，李保国凭仗自己所学专业和研究领域，主动到邢台地区百公里的太行山区开始了义无反顾、史无前例的"精准扶贫"，每年在山里"务农"和"科研"的时间平均都超过二百多天，把自己变成了似乎生于斯长于斯的农民。他先后举办不同层次的培训班800余次，培训人员9

万余人次，推广了36项林业技术，先后完成28项山区开发研究成果，直接帮扶100多个村庄，累计增加农业产值超过35亿元，为山区农民实现增收28.5亿元，使贫瘠山沟里“刨食”的10万农民实现了脱贫致富，让140万亩荒山变绿，创造出“前南峪生态园”“太行山最绿的地方”“富岗苹果”“绿岭薄皮核桃”“浆水板栗”等数十个全国名牌以及著名企业，成就众多全国知名的优秀村支书和企业家，把农民变成了像他一样懂科学用科学的技术专家。

从此，他完成了一个专家、教授或学者真正意义上的“植根”“深扎”以及“学以致用”的伟大创举，他主要靠自己一个人的力量在太行山地区创造了一个从未出现过的“科技兴农”的神话和传奇。

第一次见李保国是2005年初秋，在临城县城东北丘陵上的“狐子沟”有一个荒山开发项目名曰“绿岭”。走到路边挂满青果的核桃林旁，负责人指着一个穿着破旧T恤衫的中年汉子，介绍说：“这是李教授，保定河北农大的，帮我们弄薄皮核桃。”

李保国忙起来，吃饭常常在山地里随便将就一口

李保国个子不高，也就一米六几的样子，瘦瘦的，皮肤黝黑，胡子拉碴，笑起来很憨厚很淳朴，看起来和蔼可亲。按农民的话说，“看着很土，不是个讲究人，啥也吃，啥也干，腰里总别着钢锯和一把大剪刀，问啥教啥，一点没有架子，不像个大教授，普通得跟俺们村里人一个样儿”。

那时候，李保国没有名气。

后来，越来越有名了。

他的出名，是因为他用科技扶贫，并且直接对准农民“精准扶贫”，使得致富发家的、过上好日子的农民越来越多了，他给大家带来的幸福越来越多了。

党、国家、社会和广大人民群众，越来越感到李保国事迹的价值和意义。

2009年6月，邢台市政府奖励李保国10万元。

2015年12月16日，李保国被河北省委、省政府命名为“燕赵楷模”。

2016年2月初起，《人民日报》、新华社、中央人民广播电台、中央电视台等中央新闻媒体，分别在重要版面、重要时段集中报道了李保国教授30多年如一日、用科技帮助太行山区农民脱贫致富的先进事迹……

然而，当李保国正在被宣传，被赞扬，被称颂，即刻就要当典型被“炒”着“火”起来的时候，他却悄无声息地走了。把一身疲惫和劳累抛却，匆匆而去，未曾留下半句话，像他热爱的太行山一样峻伟而沉默。

在他去世的当天早晨，他的手机还不断地响着，不知情的老乡还向他咨询果树种植技术。他的电脑里还有没写完的论文，他的办公桌上，还有他没完成的农业项目规划和正在修改的学生论文，还有他那雄心勃勃的关于打造邢台太行山区林果产业“航空母舰”平台的规划……

壮志未酬啊！还有那么多人没有过上幸福生活，他们还需要他……

一连数日，我们奔波于李保国生前所工作和生活的山山岭岭、沟沟坎坎，感受着他无处不在的气息。

站在临城县绿岭公司一望无际满目青翠欲滴的薄皮核桃林里，徜徉在内丘县岗底村一条条沟壑上正扬花飘香的苹果园里，穿行在邢台县前南峪村美丽如画的经济生态沟里，伫立在南和贾宋镇“中国树莓谷”幼苗培植基地里，我们一次次感动着、感叹着、感慨着李保国那令人惊讶而让人折服的丰功伟绩。随便找个村民或者员工打问李保国的事儿，他们都会激动地站起身来，滔滔不绝地向我们诉说。李保国所到之处似乎都成为一道靓丽的风景，他的事迹像风一样漫山遍野流传，遍布在果林成长、开花、结果的所有细节之中……

李保国身后留下来的，不单是带给老百姓的幸福生活，而是他那如同太行山一样伟大和不朽的精神。

现在，让我们以文学的笔触，真实地重现李保国的故事和经历，来解剖一个知识分子，是怎么通过个人奋斗和努力，利用自己的知识和智慧，从而实现“书生报国”“科技富民”的光荣梦想和夙愿，把美丽和幸福永远留在人间。从而，让李保国永远活在我们的文字里，活在读者的心里，以告慰他的在天之灵，以抚慰那些对他感恩不尽的父老乡亲。

第一章　太行山最绿的地方

李保国第一次走进邢台西部太行深山区的前南峪，是在1981年的春天，确切地说，是3月6日，距他2月26日从河北林业专科学校毕业才仅仅8天。作为恢复高考后第一批大学生，李保国由于品学兼优留校任教，称呼是教师，其实还只是个辅导员，刚满23岁。

当时，年轻的李保国是随河北农业大学林学、水土保持专家于宗周教授带领的课题攻关组，来这里考察建立产学研基地的，以研究和解决太行山区土壤瘠薄、干旱缺水、造林成活率低、年年造林不见林的重大难题。

李保国初来前南峪时，住在山坡前这个石板房，一住就是4年

从此，这一偶然的机缘，使李保国与前南峪结下了整整35年的深情厚谊，致使他矢志把“论文写到太行山”上，开始了以自己的知识和学问进行“科技扶贫”的漫漫之路。

我们循着李保国的足迹来到前南峪，见到现任村党委书记郭天林，向他问道：“李保国为什么要留在前南峪帮你们？”

郭天林想想说：“他可能是看到我们这里穷，想叫我们过上好日子，特别是看见我们老支书郭成志的魅力，还有改变村子落后面貌的决心和毅力吧。”

那么，当初李保国来到前南峪时，村里是怎样的境况呢？

前南峪村地处太行山深处，隶属于邢台县浆水镇管辖，距邢台市区65公里，是一个偏僻贫困的小山村。

浆水镇因“浆水川”得名，历史悠久，史载早在西周时期，曾为古邢国陪都。抗日战争时期，邢台抗日临时政府和邢台县抗日政府先后在浆水成立。

浆水南边，有一条大河，叫浆水河。前南峪村，紧临浆水河南侧，距浆水镇仅一公里。前南峪距河近，浆水镇距河远些，浆水比前南峪建村要早。

前南峪形成村落的历史亦上溯到春秋时代，据传有靳姓从邢台城迁居于此建村，因村庄处于浆水川南沟口，故名南峪。峪，就是山谷的意思，多用于地名，因此在太行山一带，叫“峪”的地名很多。明永乐年间，有甄姓从山西洪洞县迁来，在距南峪村的1.5公里处建立村庄，也称南峪，民国年间合并为一个行政村。1956年合作化时，两个村子分别建立了大队。为了把两个村子区分开来，当时根据建村早晚，决定将两个村子以“前”“后”字冠之。这样，“前南峪”这个村子就诞生了，名字沿用至今。

前南峪的地理环境，决定了他们命运多舛，也冥冥之中预示着，在李保国及众多专家学者参加治理后，在原村支书郭成志率领下，全村团结一心顽强创业并让前南峪盎然崛起。

前南峪所在的邢台太行由四道较大的山川构成，它们分别是：路罗川、浆水川、稻畦川、宋家庄川。这四道川宛若一个巨大的手掌反扣在山地上，而中间的隆起便是邢台太行的群峰。就人文地理而言，位于邢台太行深山处的浆水川，据考为商都所在地。古籍中有商祖夷迁都于邢之说，而邢就是现今的浆水，即商夷仪城。至今浆水镇之上有上店，之下有下店，均为商都构建之格局。至周则建都于黄河之滨。战国时期赵国初始建都亦为邢台，至赵敬侯才迁都至邯郸。

这一带是战略要地，距前南峪不到10公里，有个叫“将军墓镇”的地方，其地名由来颇具传奇。相传春秋时期，十二个大诸侯国连年征战，打得天下大乱。当时邢台这一带属于邢国。邢国又小又穷，兵力不足，经常受到北方狄人的侵犯，每年都有大批的邢人和财物被狄人掠去。邢国国主邢侯，只好把国都从平原迁到太行深山的浆水。邢侯迁都后，避开了狄人，百姓们过着安居乐业的生活。可是好景不长，有一年，南方有个强大的郑国，突然命大将军蔡仲率领三千铁骑，渡过黄河，长驱直入，一口气打到了邢国都城东南的太行山口。邢军坚守的关隘得益于有利的地形而布下天罗地网，出奇制胜，一举歼灭了郑军，大将军蔡仲也身受重伤被俘了。蔡仲被俘后在被押往邢都的途中，乘着邢军看管不严之机，在一个山沟里挣脱捆绑他的绳索，夺路而逃，这便有了现在的“脱索沟村”。蔡仲南逃十里，来到了一个三岔路口，忽见一个樵夫迎面而来，他上前询问哪条路通往郑国。樵夫见他是敌国的将军，故意指西说东，蔡仲信以为真，竟勒转马头向邢都方向逃走。他跑了三十多里，来到一条河边，此时又饥又渴，伤痛难忍，就解盔卸甲到河边喝水，这便有了今天的“放甲铺

邢台县前南峪的山场道路

村”。蔡仲喘息了一会儿，忽见后有追兵赶来，又急忙上马西逃，逃到一个叫井梁店村的村头，因伤势过重，流血过多，滚鞍坠马，气绝身亡。后被邢人埋在这里，从此，井梁店村更名为“将军墓”，并沿袭至今。

南北纵横北京、河北、山西、河南400公里的太行山，自古就享有“黄河如带，五岳俱朝”的尊崇地位。“八百里太行”的巍巍山脉，有着丰富的人文资源，雄奇、博大、富饶，孕育了许多可歌可泣的动人故事和杰出人物。从女娲补天的炼石炉场到周口店北京猿人“钻木取火、结绳记事”的远古洞穴；从“愚公移山”寓言典故的持之以恒精神到“狼牙山五壮士”宁死不屈的一跳；从“风萧萧兮易水寒，壮士一去兮不复还”的壮行挽歌到五台山古刹里的晨钟暮鼓；从“平型关大捷”到“上党战役”；从国际共产主义战士白求恩到子弟兵母亲戎冠秀；从黄巢、黄巾起义到八路军一二九师、西柏坡革命圣地；从“大寨”到“红旗渠”等等，无不发生在太行山上。

再近了说，位于邢台的太行山一线，近几百年间同样是才俊辈出，风流遍地。号称“紫金山五杰”的刘秉忠、张文谦、张易、王恂、郭守敬，就是在距前南峪不远的太行紫金山上修学成为栋梁之材的；20世纪50年代收入中学课本的秦兆阳的报告文学《王永淮》，写的就是治山英雄、邢台县的县长王永淮；1953年2月5日，时任邢台县县长的张玉美被毛泽东主席请到暂停在邢台的南巡专列上汇报工作，毛主席听完他的汇报后说：“邢台的柿饼好，柿霜更好！”柿饼上的白霜有清热、降火的疗效，尤其用于治疗口腔溃疡非常有效。毛主席接见张玉美的事后来成为邢台山里人多少年的美谈。那时候，邢台县大力开展“绿化太行”活动，涌现出了一批又一批劳动模范。但是，当时仅仅限于植树造林，所以依然摆脱不了贫困的局面，以往的“人杰地灵”，似乎只是传说和神话，距前南峪十分遥远。

前南峪地处太行山腹地，土地稀少而贫瘠，七亩山六分田，10条大沟，72条支沟，32座秃山头，是个“光山秃岭和尚头，洪水下山遍地流，沿川冲走河滩地，十年九旱不保收”的穷山村。因此，前南峪人口繁衍缓慢，从春秋起至解放前才不足千人。后来大多是在浆水镇为财主打工的佃农搬到这里落户，都是贫困人家，土改时，村中没有一户富农以上成分。居所一直是用碎石头堆砌起来的房子，乱七八糟地散落在“后山”能避风的一条沟川里，简陋而潮湿。吃的是“红薯干，山药蛋，窝窝头，糠炒面”。

解放后，尤其是到了20世纪50年代后期，邢台太行地区掀起了“治山治水、治沟治谷”的高潮。浆水公社的54条大沟按间隔50米、100米不等层层筑起了拦沙坝、谷坊坝。1958年浆水公社组织几千人大会战，在10余里长2千多亩的浆水沟里搞起了沟谷水土保持工程；后又在胡家楼的四沟搞起了一个较高水准的样板，即后来人们总结的：先上后下，先坡后沟，沟坡兼治，工生结合。胡家楼的四沟开始注意了工程措施和生态措施相结合，既筑坊打坝又植树造林，而且工程措施科学有序、讲求实效。到了20世纪70年代，全国上下开展轰轰烈烈的“农业学大寨”运动。前南峪也曾学着大寨人的样子，在山上搞梯田、种粮食，苦干一年，开出10多亩山地梯田，但只是旱地薄田，不能浇灌，效果不佳。于是就又从山上撤下来到河滩里用片麻风化岩土垫地，因为这样能浇上水了，垫出的地算是好地。几年来，前南峪的主要精力，是在山上种树，这样能保持水土不流失。所以，山区就是山区，无可种之地，等于无米之炊。为此，《人民日报》曾有过这样的报道：“时至80年代初，仅河北境内的太行山区就有24个县、681个乡、7724个村、800多万人民，仍然没有摆脱贫困。32%以上的山区年人均收入不足50元。30多年间，国家虽然每年给太行山区救济上亿元，可严重的‘贫血’状况并未得到根本改变……”

更可怕的是，恓恓惶惶的前南峪，在1963年8月1日的上午，一场罕见的大暴雨，下了7天7夜，山洪暴发引发泥石流，使前南峪村自50年代起辛辛苦苦在大山沟里筑成的蓄水坝和防沙坝全部轰然倒塌，全村突然间陷入灭顶之灾。

一场特大山洪过后，前南峪1300余口人仅有的赖以活命的640亩河滩地已是乱石一片，就连1958年“大跃进”以来，前南峪人用勒紧装满野菜、橡子面和柿子盖的肚子战天斗地修筑的一道道防沙墙、蓄水坝和挂在山上的几条梯田也全部荡然无存。甚至连老祖宗在山坡上留下的4000多棵上百年的板栗树、柿子树也被连根拔走2000余棵。仅存的那2313棵栗子树犹如刚经历了一场残酷的血刃战，横七竖八、歪歪斜斜地趴在地上。村里直接经济损失折合人民币30万元，170多户人家有32户外出乞讨谋生……村子转眼之间失去了赖以生存的基本自然条件，几乎重又回到了那满目苍凉、四处皆为不毛之地的蛮荒时代，许多村民“房无一间，地无一垄”……

面对“32座秃山头，大小72条沟，十年九灾不保收”的局面，粮食不够吃，家家户户基本上都要用1斤小麦去外面换2斤玉米吃，然后掺上野菜，为的是能吃得多一些，吃得时间长一些；村里年轻小伙儿娶不上媳妇，闺女都嫁到了外村，有“面黄肌瘦南峪人，有女不嫁南峪村”之称的窘境。从1964年起，前南峪投入了该村有史以来最宏伟的改造山川规划：5年垫地，5年上山植树，3年兴修水利，7年治山。他们向荒山宣战，一战就是10年。全村人一天四出工：早起5点，顶着眨巴眼睛的点点寒星下地；8点收工回家吃早饭，然后上工；中午12点回家吃午饭，1点半上工；下午6点回家吃晚饭，晚上7点上工；10点半才披星戴月回家吃饭、睡觉。前南峪人简直不是在干活，不是在劳动，简直是在玩命啊！

1977年，时任村民兵连长，年仅32岁的郭成志正式当选为村党支部书记，他立下的誓言是：“当一任支书，创百年基业。”当时，经过十几年垫地、植树和兴修水利，村里的基础条件基本改善，能吃上饭了，但还是很贫困，平均人均收入只有几十块钱。为此，郭成志决定把“科学引进深山沟”，开始了“科学治山”。

正是在这样的背景之下，李保国来了。

李保国看重了郭成志的威信、勇气和领导才能，还有村子里的发展远景，觉得这里是他大显身手的地方。

郭成志则欣赏李保国这个年轻人的踏实、实在和满肚子的才华和学问。

专家组临走时，李保国握住郭成志的手道："郭书记，我跟于老师很快还要来，再来，我就不走了，你收留我不？"

前南峪村"两委"班子成员，在一起研究全村生态旅游规划

郭成志笑笑道："欢迎欢迎啊，前南峪就是你的家。"

李保国郑重地说："我可是把老婆孩子都接到这儿，在这儿安家落户了啊。"

郭成志一惊："真的假的？你不是开玩笑吧……"

李保国没有开玩笑，过了几天，真的带着妻子郭素萍和刚刚1岁的孩子，从保定坐火车到邢台，又从邢台坐着长途汽车一路颠簸来到了前南峪。那时候，从河北农大到前南峪，要花费7个小时的火车车程和至少3个小时的汽车车程。从此，他如果有事或者回一趟家，就是这么在旅途中辛苦地辗转着。

当时，他是于宗周教授的学生，也是随着于教授来的。

著名水土保持专家于宗周教授

于宗周教授是我国大名鼎鼎的林学、水土保持专家。他也是从这时候起，开始在前南峪试验“水平沟保持水土”经济沟治理模式并取得成功，目前已经在太行山区的3个省18个县143个村推广。他于2015年3月15日去世，享年80岁，生前是九三学社河北省副主委、第九届全国政协委员、第九届河北省人大常委。他生前留下遗嘱：骨灰要撒在前南峪村的麻峪沟。7月19日上午，于宗周的骨灰被安放在了邢台县前南峪村麻峪沟的苹果树下。没有鲜花，没有哀乐，陪伴他的是满山果树。于宗周教授是最早来到邢台太行山区提供技术支持以及水土治理的专家之一。他为前南峪的发展做出了巨大贡献，活着治山，死了守山。

李保国是于宗周最得意的门生。

通过详细考察、调研，依据当地的气候和自然条件，李保国和他的团队，很快确立了“小流域治理工程”项目。

所谓小流域治理，说得通俗一点儿，就是以集水面积小于100平方公里的流域为单元进行综合规划，将山、水、田、林、路综合治理。根据流域特点使用不同的水土保持措施，坡面上修水平梯田、造林、种草，沟道内建大小淤地坝，使工程措施、生物措施和耕作措施各尽其能，相互补充相互促进。小流域综合治理是由不同的水土保持措施形成一个完整的体系，能全面而有效地制止不同部位和不同形式的水土流失。同时，可以充分有效地提高天然降水的利用率，减少地表径流，从而做到水不出沟泥不下山。

前南峪一带，多是光秃的石头山，寸草不生，就连野生的柏木，虽岁月久远，也因缺少水土滋养，生长得低矮瘦小。针对这一现状，在实施“小流域治理工程”中，李保国创造性地提出“聚集土壤、聚集径流”的“两聚集造林”理论和太行山生态林业建设技术，将过去只有酸枣、荆条等小灌木植被的干旱山地种成了苹果、板栗、核桃等高效经济林。这样，保住土，存住水，种上经济林，把这里一条条荒山沟都搞成“经济沟”，村里不但美观，还会很富裕。

李保国和于宗周老师到山区调查

一开始，前南峪村民和一些村干部对李保国他们的这两种做法并不认可。

第一，他们看不上李保国。那时的李保国，还是个毛头小伙子，村里尽管平时尊称他“李教授”，但实际上他也就是一个刚毕业的大学生而已，有热情不假，但水平怎么样不好说。第二，李保国其貌不扬，又黑又瘦，也不戴眼镜，一口衡水方言，不修边幅，土里土气，不像个做学问的知识分子。第三，他那样做太费事了，又要炸山，又要筑坝，还吹嘘将来再发大水也冲不坏。

“这年轻学生想法太大，得花多少钱啊？”

“行不行谁知道啊！”

“不切实际，不大靠谱吧！”

“这不是在跟石头山较劲儿嘛！既费工，又费钱，见了效还好说，如果不见效，把钱都花了，村里人还怎么生活，这不是逼着全村群众出去要饭吗？”

……

你说一句，我搭一句，从大早起到傍晚根儿，村民们七嘴八舌不停地议论着。

为了甩掉大家的思想包袱，村里召开群众大会，李保国在台上拍着胸脯，向村民们保证：“如果不见效，治理不好，我愿意把我的工资抵押在前南峪。”

于宗周教授全力支持李保国，跟村民打赌说：“麻峪沟10年后年收入达不到40万元，我用工资来赔偿。”

村支书郭成志相信李保国，也会做群众工作，他像拉家常一样对乡亲们说：“人家李老师这么远，带着老婆孩子住到我们村，天天上山搞测量，做试验，每天夜里一点多还不睡，鸡还不叫就又起来了，又是画图又是研究，笔记写了好几本，人家图啥咧？既不图名也不图利，就是要帮我们治理咱村这穷山恶水哩！我感觉李老师说得在理，这样治理，坚固，保土存水，再发大水，冲不垮，我觉得可干，与其挨饿受穷，不如甩开膀子拼一回……”

生前，李保国曾经这样回忆自己在前南峪的这一段经历：“我们踏遍了所有的山头地块，获取了第一手详尽的数据资料。试验了上千次，常常是早上五点起床上山，晚上七八点钟才返回。山里条件差，上山带几个馒头、一瓶水就很满足了，夜里甚至只能点着柴油灯。”

李保国爬高山，蹚深谷，与课题组的同事起早贪黑，踏遍了项目中心区的所有山头地块，获取第一手详尽的数据资料。

前南峪土壤瘠薄，干旱缺水，植被难生。为了加厚土层，使得树木存活，李保国选择用爆破整地的方法来聚土截流。其做法是顺着山势，每隔4米开一条宽1.5米至2米、深1米的条状沟，把周围的薄土集中填充到沟里。这样，下雨时也能汇集雨水，从而使干旱山地逐渐达到了树木存活的基本条件。所以，就必须先把山石炸开造地。

但是，村里没钱，买不起炸药。

李保国说：“我来做土炸药。”

这种土炸药的制作方法比较简单，所需的是三种原材料：农用化肥硝铵、锯末渣和柴油。因此当时成本很低，但危险性极大。制作时，先把硝铵放入一口大铁锅炒到变色，再将锯末渣用温火炒熟，然后再加上定量的柴油进行配比，慢慢调和，然后用油纸或者牛皮纸卷成管状，这样，土炸药就做好了。

制作炸药时，李保国不让任何人在场，而且到山上炸石头时，都让其他人离开，自己一个人亲自来点导火索。

有一次，一个炸点的炸药没有引爆，李保国上前准备察看，但还没有走到跟前，炸药就突然一声爆炸了。

李保国被炸得倒在地上，右胳膊撞在石头上破了个大口子……

同是在这个课题组的妻子郭素萍听说后心疼了，吓得说什么也不让李保国在前南峪待了，要拉他走，流着泪说：“保国，保国，咱这是为啥？咱在保定教教书，想研究啥就研究点啥，为啥非钻到这山沟里来？吃不好睡不好不说，咱儿子还小，你万一有个啥闪失，我和孩子可咋过？不干了，咱回去吧……”

李保国笑笑，安慰妻子说：“你大惊小怪啥！又没崩住我，我还没走到跟前，炸药就突然响了，我只是被吓了一大跳，没事，这胳膊上，只是倒在地上被石头划破了皮儿，没事没事。”

郭素萍擦擦眼角说：“没事也不干，回去安安静静教书，你要想搞研究、写论文什么的，来看看了解一下情况就行了，用不着天天在这儿盯着。”

看着妻子既担心又伤心的样子，说实话李保国内心也有点不好受。可他不能因为这一点小伤，就让治山工作半途而废。

李保国伸出左手，拍拍郭素萍的肩膀，语气变得温和了许多：“这可不行，咱这个项目好不容易开始了，村里人不太懂科学，不知道咋干，于老师还在这儿盯着，咱可不能走。再说了，你看这山里，过的日子多穷啊，有山不能靠山吃饭，守着金山去讨饭，我这心里着急啊。从现在起，我这大学老师就到山里当，我把自己先变成山里人，再把山里人变成懂科学的老师，让山里人都过上幸福生活，把最好的论文，写到这太行山上。这就是我的志向和理想……”

这温和的话语，变得越来越激昂，饱含着一种坚韧和顽强的力量。

李保国和妻子、儿子，在前南峪一住就是4个年头，后来又把岳母接来看孩子，四口人就挤住在只有一间的平板石头房子里。

提到这一段经历时，李保国的妻子郭素萍说：“要说苦，我们两口子在前南峪搞小流域综合治理的时候，那是真苦。当时村里穷得连卖菜的都没有，夏天地里有什么吃什么，冬天基本没菜。每天天一亮就上山，披星星戴月亮才回来，山体改造，活儿又重又危险，连炸药都是自己炒。保国老家是衡水武邑的，我老家是赤城县城的，说实话，我们老家那一带的老百姓，都比这里强！”

炮声隆隆中，“山中造地”技术渐成体系。土加厚了，水留住了，树木的成活率从原来的10%提高到90%。

就这样，前南峪人在李保国的科学规划和具体指导下，在村支书郭成志和他一班人的坚强领导下，截止到1996年，李保国教授创造的“聚集土壤和径流”造林理论得到验证。8000多亩荒山秃岭建成了

“山顶洋槐戴帽，山中果树缠腰，山下梯田抱脚”的立体生态模式。前南峪被誉为“太行山最绿的地方”，并获得了“全球生态环境500佳”提名奖。

为什么说截止到1996年呢？

因为，类似于1963年8月，30多年后的1996年8月初，一场突如其来的大洪水再次袭击前南峪，也许，这是历史故意在检验李保国开展的“聚集土壤和径流”造林理论是否成功。

当时，邢台山区一昼夜降雨600毫米，暴雨过分集中，受灾程度不亚于1963年。邢台县冲毁土地10多万亩，沙压3万亩，四道山川洗劫一空。与前南峪一山之隔的路家庄，山体滑坡，房倒屋塌。可是翻过山来，前南峪却完全是另一种景象，花儿依然红，清水照样流，山坡上一层地皮儿都没损伤。相反大雨冲刷后，山山水水倒显得更加葱绿、耀眼。

这真是奇迹啊！突遭特大洪水，前南峪能毫发无损，安然无恙，岿然不动。时任国务委员、国家科委主任宋健闻讯赶来，详细视察后欣喜之情溢于言表，挥毫题词：“大自然是公道的，总是对掌握其规律的人们以厚报。邢台县前南峪村今年遭遇与1963年相比，形成鲜明对照，植树造林，保持水土，抵抗灾害，这是颠扑不破的道理。”

这是对前南峪的赞赏，更是对李保国的褒奖。

太行山里的生态花园式山村——前南峪

现在的前南峪村，“硬件”是一个大花园，“软件”是一个大乐园。有着2000多平方米的文化大院，建起了农民夜校，设置了图书室、文化活动室，组建了秧歌队、鼓乐队、武术队，群众文化生活丰富多彩；成立了计生协会、社会治安协会、卫生清洁协会、红白理事会等村民自治组织；定期开展五好家庭、星级文明家庭评选活动；村里多年没有出现上访和治安刑事案件，没有赌博和封建迷信现象，村风和谐淳朴、村务管理民主、干群关系融洽、村容整洁优美，村民的幸福指数不断提升。多年来，村民享有“三免六补二奖励”的福利政策，村民饮用水、浇地全免费，老人退休享受600元补贴，旧房改造补助50%，医疗费用除新农合报销外剩余部分村里补贴，老党员享受党龄补贴，每口人每年集体补贴3200元生活费，做饭取暖用气只需按规定交足秸秆，就可以免费用气。“十星级”文明户评比活动每星给予15元~20元不等的奖励。考上本二以上的学生，享受6000元奖励。在邢台山区实现了电话、有线电视、安全监控、宽带网络等十多个“率先发展”，成为真正意义上的“中国幸福村庄”。

前南峪鸟瞰

20世纪90年代以来，前南峪蝉联省、市、县文明村，并被评为全国先进基层党组织、全国文明村镇创建工作先进单位、全国文明村镇、全国敬老模范村，被确定为全国民主法治建设示范村，是“全国精神文明建设先进单位”、国家4A级旅游景区、国家水利风景名胜区、全国首批百家农业旅游示范点、全国十佳水土保持示范区……老支书郭成志，原前南峪村党委第一书记，是第八、第九、第十、第十一届全国人大代表，全国劳动模范。获得的荣誉还有一大堆：全国城乡一体化暨新农村建设功勋人物。中国全面小康与新农村建设十大带头人物。全国优秀人大代表“村官”等30余项。自1980年以来，他和他的村庄被中央电视台、《人民日报》《光明日报》、人民网、新华网等全国100多家媒体报道近千余次。

前南峪村林木覆盖率达90.7%，植被覆盖率达94.6%。

这里是“太行山最绿的地方”。

前南峪的梯田果园

“前南峪生态观光旅游区”是邢台著名的风景区。

现在，不妨让我们去前南峪看看：

穿过家家户户都是二层楼小别墅的村街，进入前南峪116.8平方公里的山场，就进入了由村庄、山场、田野等融为一体的美丽如画的大景区。这里，自然景观和人文景观达80多处，分为十大景区：抗大观瞻区、生态观光区、化山览胜区、川林景区、三支锅景区、大石岩景区和龙宫景区等，系全国百家农业旅游示范点之一，被命名为国家级森林公园。来这里旅游，是一真正的“红色之旅、生态之旅、绿色之旅、文化之旅、科普之旅、体验之旅、艺术之旅、探索之旅”。在前南峪建成的“十大观光”景区中，“生态观光区”是其精品：漫步于绿树掩映、鲜花芬芳的林荫小道上，但见板栗树千姿百态、枝虬叶肥，没有人不在唐代女皇武则天亲自命名的“千年板栗王”树下驻足拍照的；苹果园里，春天鲜花惹人醉，秋季果实枝满头；还有那迷人的红果树、茁壮的橡子树以及叫上名、叫不上名的奇花野草，药用植物，构成一幅幅和谐、优美的动人画卷；金丝柳、牡丹、石榴、四季玫瑰、日本黄杨等观赏性花木争奇斗艳，使人自觉不自觉地沉醉在大自然构筑的梦幻里，忘却了尘世的一切忧愁和烦恼，尽情享受着这里的绚丽和灿烂。而“万邦珍果园”则是精品中的经典：用常青小柏树栽植而成的“再造秀美山川”六个绿色大字，浓缩着前南峪村人战天斗地的昂扬精神和艰苦奋斗的不止脚步。站在泽后亭下，放眼远望，工程浩大的层层梯田不由你不对“人定胜天”的前南峪人肃然起敬；展现在眼前的一片片异国他乡的奇花珍果，美国的凯特杏、红提葡萄，乌克兰的大樱桃，澳大利亚的秋红油桃，欧洲的榛子，西洋参等令人大开眼界，使人不由发出“不出前南峪，便可‘列国游’”的赞叹与感慨。果实成熟时节，信手采摘品尝，六国的风味一起纷至沓来，真是别样的享受，别样的陶醉……

前南峪是名副其实的“美丽乡村”，是名副其实的太行山最绿的地方。林材头、干果腰、水果脚、米粮川、林果山，青山葱郁、枝繁叶茂。这里是花的世界，桃花、杏花、梨花、樱桃花、苹果花等十几种果树的花依次竞相开放。这里是果的盛宴，红色的苹果、褐色的板栗、紫色的葡萄、橙色的黄金梨，果香四溢。一年四季青翠欲滴，瓜果飘香。

“生态观光旅游区”打造完成之后的2005年，仅门票收入一项，就进账220余万元，带来其他经济效益600余万元。

2015年，接待游客60余万人次，旅游门票收入960万元，旅游带动收入1860万元（其中家庭旅馆220万元）。旅游区先后被命名为“全国农业生态旅游示范园区”，被授予“全国爱国主义教育示范基地”“全国红色旅游经典景区”和“中国农业公园”等荣誉称号。被评为“2015年度最受欢迎景区和最受微信粉丝追捧的景区”。创意旅游业的发展不仅增加了集体收入，实现了“1+2+3”第六产业的发展，还保护了环境。实现了经济效益、社会效益、生态效益的协调发展。全村社会总收入1.99亿元，集体纯收入3120万元，人均纯收入11800元。

昔日穷山村，如今生活幸福，环境美丽，被誉为太行山区一颗璀璨的明珠，获得联合国“全球环境保护500佳”提名奖。

除了李保国外，在前南峪的村史陈列馆，还记录着对前南峪的科学发展和山区建设做出了贡献的科技工作者的名字，他们是：王福堂、王金章、张润身、安建昌、王士贤、于宗周、李振忠、邵开武、李留锁、周麦生、李世忠……

李保国，无疑是为前南峪走向“幸福美丽”做出巨大贡献的最杰出者之一。

2015年秋天里一个阳光明媚的午后，李保国和郭成志并肩走在“抗日军政大学纪念馆”高大的台阶上，两人边走边说话。

在这里，我们还有必要补充一点资料。

前南峪，曾是抗日军政大学总部所在地。1940年11月，抗大总校由延安迁到邢台县浆水一带，学校总部设在前南峪村，一直到1943年1月才重返延安，历时两年零两个月。抗大在这里先后培养了六、七、八共三期学员，共计8000余人。其中，仅1955年被授衔的将军就有109位。抗大在前南峪期间，有两个意义深远、影响重大的事件值得前南峪人自豪：一是1941年6月1日总校在前南峪隆重举行抗大建校5周年活动；二是胜利反击日寇“五月拉网大扫荡”，毛泽东、周恩来、朱德等中央领导同志给抗大总校发来贺电，祝贺这一重大胜利。坐落在村头的“抗大纪念碑”，是1986年前南峪村村民筹资建成的，碑上刻有胡耀邦、徐向前、何长工的亲笔题词。在前南峪人眼里，纪念碑和它前面的小广场是一块圣土，收获季节，用地再紧张也不会把它用做打麦场、晾晒场；雪落时分，这里被最先打扫得干干净净。几十年来，纪念碑一直牢固矗立于前南峪人心中。为了发扬和光大“抗大精神”，前南峪在南山坡上建成了抗大陈列馆、首长旧居、千米抗大学员碑林等。在抗大纪念馆内，陈列着自抗大1936年创立到新中国成立14年的建校史和艰苦卓绝的战斗史方面的大量实物和图片。2009年，他们投资150多万元，在陈列馆前建设大型广场，广场由三部分组成：抗大花园、拱桥和喷水池。拱桥宽30米，直接从广场通到抗大陈列馆，取名“瞻红桥”，意思是“瞻仰红色抗大之桥”。抗大纪念馆、纪念碑、抗大旧址，被中共中央宣传部列为“全国爱国主义教育基地”，被国家列为“全国百家红色经典景区”。

抗日军政大学陈列馆

郭成志与李保国说着话，已经走下台阶站到了广场上。车在广场上停着等候李保国，郭成志是来送他的。

郭成志说："李教授，这几年，你咋来得少了，是不是事大了，看不起前南峪了。办公室还都给你留着呢，你不来，我总是想你，以后，你可得多来啊。"

李保国笑笑道："你可比我事大，现在的前南峪，用不着我了，我得去别的地方，别的山里，你不知道我的脾气，我是哪儿穷往哪儿钻，哪儿苦往哪儿跑。"

郭成志正色道："我可是叫你来这里享享福咧，不是你，哪有前南峪今天的好日子。"

李保国挥挥手："是大伙儿的功劳，特别是你，你在村里威望很高，没有你的领导和强大的执行力，我们啥也干不成，还有于宗周老师，可惜，他不在了……"

提及已经病逝的于宗周教授，两人都沉默了。

郭成志握着李保国的手，送他上车："保国老弟，不管你在哪儿，你以后可得多来前南峪看看啊，别光叫我打你手机叫你！"

李保国打开车窗冲郭成志招手："好的好的，以后一定经常来……"

可没想到，这一别，竟成了因治理荒山一起英名远播的这两位全国劳动模范的最后的诀别。

李保国去世后，老支书郭成志哭了。

现任党委书记郭天林凄楚地说："35年来，为了太行山的振兴，为了老区群众都能过上好日子，李保国教授把他自己的生命和那颗诚挚的心都毫无保留地交给了我们前南峪。回想他来到前南峪后，住过的小平房、透风窗户，用过的煤炉子，这一切历历在目，就好像发生在昨天。我不敢相信再也见不到他了……"

前南峪人将把李保国的名字和事迹刻成碑文，矗立在村口，永远铭记他的功德。

第二章 红苹果乐园

“绿树村边合，青山郭外斜。”

从内丘县城沿着328省道，蜿蜒向西行进50余公里，经过360多个盘山弯道，才能进入位于太行深山区的侯家庄乡岗底村。

步入村头，但见一排排白墙红瓦的农家小楼在周边青山绿树的掩映之下，相映成趣，如诗如画。漫山遍野的苹果树，在层层叠叠的山岭上铺开，郁郁葱葱，红彤彤的大苹果缀满枝头，像一张张热情好客的笑脸绽露着，喜迎前来的宾客。一个充满“太行田园风情”的美丽乡村，人间仙境般呈现在我们面前。

岗底村全貌

收获季节的富岗苹果

我们犹如穿越时空来到这里，仿佛真的步入了唐代大诗人孟浩然的诗境一般，这里莫非就是他笔下的“故人田庄”……

岗底村最著名的物产，是苹果，称之为“富岗苹果”。在网上输入这四个字搜一搜，相关的信息达二十几万条。

“富岗苹果”的种植基地，处于岗底村四周的山岗沟坡间。这里海拔500米~1200米，昼夜温差达15℃。根据独特的气候条件，以及片麻岩的中性偏酸的土壤特点，他们从富士树中好中选优，优中改良。历经几年数百次试验，培育出的“富岗1号”“富岗2号”和“富岗3号”优质苹果，果形端正、细脆津纯、酸甜适口、清香蜜味、易贮耐藏，富含多种对人体有益的氨基酸、矿物质和微量元素。据检测，富岗苹果果实硬度18.9磅/c㎡，含水量89.3%，果肉脆、多汁，质地细，纤维少。果肉含原糖8.7%，蔗糖15.1%，可溶性固型物含量16.1%。果肉滴定酸0.295%，果汁pH值3.3。具有典型的芳香味，且风味较浓，以上指标均高于全国代表值。

1998年至2008年，“富岗”商标连续被认定为河北省著名商标，富岗苹果被连续认定为河北省名牌产品；1999年，富岗苹果荣获昆明世博会银奖；2000年以来，富岗苹果连续通过绿色食品认证，获得绿色食品标志的使用权；2003年，富岗苹果生产基地被国家标准化委员会确定为国家级农业标准化示范区；2004年，公司的绿色产业业务在香港成功注册了子公司及其相关食品商标；2006年，富岗苹果被评为“2008年奥运推荐果品”一等奖，荣获“中华名果”称号；2007年，建立了国内第一个苹果类的食品安全追溯系统；2008年，富岗苹果被确定为“奥运专供果品”。

2008年，岗底村在苹果生产基地建成集休闲、观光、游览和农耕文化体验为一体的“农业观光示范园区”。经专家评审，该基地被评定为“市级美景乡村公园”。

内丘县岗底村的苹果一年比一年的效益好，如今论个卖

岗底村的苹果之极品果可以论个儿卖，一个能卖到50元甚至100元。每逢富岗苹果采摘季节，天南海北的人开车到岗底村亲手采摘苹果。2009年，仅半个月时间里，到岗底采摘富岗苹果的车不下5000辆，平均每天到富岗苹果生产基地采摘苹果的车辆达300辆以上。

富岗苹果最新的二维码质量信息追溯系统

8000亩的荒山变成满山栽遍“摇钱树”的“花果山”和“聚宝盆”，完美实现了生态建设与经济腾飞的“双赢”效果，被德国农业专家鲁道夫称之为“中国农业的奇迹”。

该村党支部书记杨双牛曾多次受到国家、省、市、县表彰，被评为“河北品牌领军人物”，荣获“全国建设社会主义新农村优秀共产党员新闻人物”、省管专家等荣誉称号，是全国劳动模范，党的十六大代表。

享誉国内外的“富岗苹果”和先进典型人物杨双牛的双双“出名”，全都源自于李保国。他1996年秋天不经意间来到偏僻的岗底村，与该村党支部书记杨双牛不期而遇，从此开始了他们长达整整20

年的友谊。

故事最先从一张小小的纸条开始。

李保国递给杨双牛一张小纸条，是1996年8月4日至6日那场大洪灾之后的8月27日，省里组织灾后评估专家组来岗底村考察时的事儿。

当时，一场多年不遇的大洪水袭击了华北地区，造成了巨大的洪涝灾害，位于深山区的岗底村更是损失惨重，有村碑记载："一九九六年八月上旬，天公肆虐，连降暴雨，沟壑漫溢，山洪狂怒，深山岗底，倍遭摧残，护坝冲垮，农田毁坏，水利惨损，树木掀倒，房屋坍塌……村内外一片狼藉，千载之辛劳顷刻被洪兽吞噬……"

洪灾过后的这天上午，岗底村按照县里的通知，接待省里组织的一个"灾后水土流失评估"专家组，专家组一共有7位专家，河北农大的教授李保国是其中的成员之一。当时，村支书杨双牛等村干部陪同他们一行在村里仔细巡察，大家都对岗底被洪水和泥石流冲刷的惨状深感震惊和痛惜……

当时的岗底村全村共178户，630口人，蜗居在偏僻的太行山深处，当地老百姓常说"天晴渴死牛，下雨遍地流"，真可谓穷山恶水。

1984年以前，全村8000亩山场大都是荒山秃岭、岩石裸露，"山秃、人穷、观念旧"的岗底村人均收入只有几十元，吃粮靠返销，花钱靠贷款，只能是靠天吃饭、望山兴叹。当时110户的一个小村子，竟有20多个光棍汉，30多个残障人员！时任河北省扶贫办主任的扈双龙转述国家扶贫办主任在河北贫困山区调研时的一句话："看一个地区贫困不贫困，不需要看这个指数、那个指数，看看光棍指数就够了。"

岗底村的"光棍指数"还不足以说明问题吗?

有人曾为岗底留下这样一首"打油诗"：

九龙岗下穷山庄，傻愚穷名传四方，

山秃地贫收入少，光着脊梁睡土炕，
糠菜树叶半年粮，十有九年闹饥荒。

这就是当初岗底村的真实写照。

1984年，以杨双牛为村党总支书记的新班子上任时，岗底村和其他村一样，把村里的8000亩荒山全部放给了村民，一放就是3年。3年过去了，荒山依旧，面貌未改，原因是把荒山放到户，等于放了“羊”，靠独家独户去治山，简直是空谈。

治山不同于种自留地，需要崩山、打坝、规划、设计、修建水库等一系列大动作，要想解决荒山“放”而不治的难题，必须依靠集体力量。岗底人觉得这才是唯一的出路和办法，集体把荒山收回来，治好荒山再放绿山。

内丘县岗底村党总支书记杨双牛

可岗底人的决策却“生不逢时”，因为当时农村家庭联产承包责任制已在全国范围内全面推广实施4年。中共中央、国务院自改革开放以来，陆续颁发了5个涉农1号文件。几年来，农村改革在坚持“开放、搞活”的方针指引下，进展顺利并取得了重要成果。时代大背景仍是“放”而不是“收”。一说“收荒山”，有人就开始风言风语：“岗底又要闹大动静了！”有的还严厉指责，说岗底的做法是“跟中央摽膀子”、走“回头路”等等，听着就有些吓人的政治帽子被扣了一大摞。面对政治风险，有的村干部打起“退堂鼓”，提出收回“成命”，“打道回府”，在治山上仍像个没事人一样，继续“放羊”。

面对这种情况，杨双牛紧急召集“两委”干部开会，他大嗓门一吼，开门见山道：“咱们当干部的就要有担当，担当就意味着牺牲。在风险和困难面前，干部不担当，群众要咱干部干啥？”

杨双牛接着说：“风险面前群众为难倒可以理解，干部打退堂鼓不能理解，更不能谅解！”说着说着，他狠狠地拍了一下桌子，把面前的茶缸盖子震得掉在了地上，摔碎了。

杨双牛语气稍微缓和一下，接着又讲了“收荒山，放绿山”与中央“放”的精神是完全一致和统一的。集体“收山”是为了更好地“治山”，这与群众利益和目标完全一致。一听这话，干部们的思想豁然畅通。

一杆大旗一营兵。“两委”班子是群众的旗帜，一把手是班子的旗帜。干部站在山顶上，群众绝不会在山坡上。岗底干部思想一坚定，群众跟着“旗”走了。

从1987年开始，村民投义务工40万人，动土石210万立方米，修地上、地下水库6座，拦水坝2500米，栽种果树15万株，高标准治理了“三沟两峪一面坡”，治理荒山7800亩。

当时的岗底，真可谓炮声隆隆震天吼，人山人海满山沟。

治山之后，岗底根据当时的实际情况，又确定了“五分一统”的管山、管树“统分”结合的管理体制，即分户专业承包、分散经营管理、分类技术指导、分清权利责任、分级独立核算，统一品牌销售。统筹“统分”关系的管理体制是岗底村的独立创造。当时，它适应岗底的治山现状，实现了山场有效的治理和管理，实现了对老百姓“收荒山，放绿山”的承诺。万亩荒山披绿，累累果实满枝头，岗底人看到了希望，纷纷夸赞干部创造性地落实了中央的好政策。

早在治山之前，岗底人就想种上能卖大价钱的苹果。

苹果在民间被誉为“长寿果”，“一日一苹果，医生远离我”。在众多水果之中，苹果可以说是最普遍，“脾性”最平和的一种，但它的营养价值不容小觑。中医认为它可生津润肺，健脾开胃。营养学上的分析指出，苹果含有的果糖多，并含有多种对人体健康有益的有机酸、果胶及微量元素。

为了选好品种，种好苹果，岗底人不厌其烦地四处考察市场，走访专家，还走出国门专门到日本考察，研究红富士品种。论气候，岗底常年“夜盖棉被午穿纱”，昼夜温差大，这样的天然条件可使果品含糖量高；论土壤和水质条件，都没有问题。然而，恰恰在干部们下定决心种苹果的时候，各地果农们却因苹果卖不上价钱在大量砍刨果树。对此，有人不赞同栽种苹果。村里发给村民苹果苗后，有的村民故意在一个树坑里栽上10棵，专门不让树成活。有的甚至半夜里跑到山上去，把刚刚栽好的树苗往上拔，拔得露出根，成心败坏死。

面对不同看法，岗底村党支部并没有“强扭瓜”，而是给村民布置了一项任务：每家调查三户砍苹果树的果农，看他们砍的是啥品种。结论很快出来，砍的都是“国光”“黄元帅”等，没有一家砍“红富士”。

群众后来又听专家讲解，了解到“国光”结果晚，味道偏酸，果实较小，果实着色欠佳。只有经过贮存后才酸甜适度，久放则水分变少，吃起来会不脆，俗话说就是“面”了。“黄元帅”则不耐储存，易形成烂点，且多数自果心向外腐烂。果品在储存期糖分消耗很快，脆度也会减弱，久之，口感不佳。而国际、国内市场对“红富士”苹果的需求量却在逐渐增大，会成为将来的“畅销品”，于是，全村一下子种了10万多株果苗。

富士苹果是日本农林水产省果树试验场盛冈分场于1939年以“国光”为母本、“元帅”为父本进行杂交，历经20余年，选育出的苹果优良品种。具有风味好、晚熟、质优、味美、耐贮等诸多优点，于1962年正式命名，是世界上最著名的晚熟苹果品种。

中国于1966年开始引进富士苹果。1980年春，国家农业部组织有关专家赴日本考察时，有选择地引入了长富2、秋富1和长富6等几个着色好的富士品系的苗木和接穗，安排在苹果主产区的多个试点进行系统观察和研究。如今富士系苹果在我国已发展近百万公顷，在辽宁、山东、河北、北京、山西、陕西、天津、河南、江苏、安徽、甘肃等省市，均已代替了晚熟品种“国光”。

从普通富士芽变中选育出的着色系富士，统称为红富士。红富士苹果的特点是体积很大，遍体通红，形状很圆，平均大小如棒球一般。果实的重量中，有9%～11%是单糖，而且其果肉紧密，比其他很多苹果变种都要甜美和清脆，因此受到全世界消费者的广泛喜爱。富士苹果与其他苹果相比有更长的最佳食用期，甚至无须放入冰箱保存，室温下可保存4个月，如果放入冰箱，富士苹果可保存5到7个月。

另外，红富士结果早，丰产。一般在5年内即进入盛果期，比“国光”、“红元帅”提早2～4年。红富士从色泽到口感，从营养到产量，处处胜出一筹，的确征服了大多数消费者。现在备受果农们的青睐和推崇，自是当然。

岗底人毅然决然地选择了苹果中的“王子”红富士，可红富士并没给岗底人带来多大的好运。

红富士苹果种了七八年，全村没有一家的果品算得上上乘，不是个头小，就是有斑点，不是颜色差，就是心里烂，大多都是“一咬一层皮”的“小黑蛋子”。好品种愣是结不出好果子，干发火挣不到钱，主要原因是管理技术不过关，急得岗底人团团转。

1996年8月4日，杨双牛清晰地记得这一天。

太行山突发暴雨引发洪水，泥石流从山顶奔袭而来，一下子冲垮了岗底250亩“保命”耕田，山上果树被冲得七零八落，有的拦腰折断，有的连根拔起，遭受重大损失，整个岗底村房倒屋塌，满目疮痍。

乡亲们跪在污泥里，流着泪，疯了一样用双手去挖掘“抢救”自己的命根子般的果树，可挖出的都是一些光秃秃的死树枝子了。

乡亲们的手指甲都被挖掉了，血淋淋得瘆人……

专家们听取了杨双牛的汇报，在村里的山上进行了实地考察。

座谈时，村支书杨双牛泪眼婆娑，长吁短叹：“这以后，真不知道该咋办……”

李保国在下边听着，尤其是听到杨双牛这些年带领村民们种苹果的坎坷遭遇，便低下头在地上找了个空烟盒，拆开后撕出一张纸条，在上面写了两行字，悄悄递给了杨双牛。

因为专家们都在场，杨双牛正在汇报，也没顾上看，就随手装到了衣兜里。

等散会后，把专家们送走，杨双牛展开小纸条一看，见上面写道：“需要果树管理技术，我可以帮忙。李保国。”后面还留有他的家庭电话。

山上没地了，可村里山场面积很大，特别适合种果树，杨双牛早有这心思，但不知道怎么整。

于是，在第二天，杨双牛就试探着给远在保定的李保国打了个电话，邀请他来岗底村考察。没几天，李保国果然坐着长途汽车从保定先到石家庄，再从石家庄到内丘县城，又从内丘县城再到侯家庄乡，最后到岗底，辗转倒了好几次车，才来到这个距县城百十里的小山村，并开始了整整20年矢志不移的“科技扶贫”。

就是由“一张纸条”结缘，开始了李保国和杨双牛携手打造出著名品牌“富岗苹果”的经典传奇。

李保国来到村里以后，在杨双牛和村干部的指引下，详细考察了村里所有的山场。

转完之后，李保国绷着脸，一言不发。

杨双牛小心翼翼问：“李教授，你看咋样，具体指导指导我们，该怎么弄？”

“你们这里，真是好地方啊，海拔高，昼夜温差大，片麻岩土质。”李保国沉思片刻道，“可就是……”

“咋了？你说……”杨双牛神色紧张。

李保国指着山上的坡岗，叹口气说：“你看，你们这里，连条路都没有，怎么到山上种树？种上了树，又怎么管理？”

大家看看四周，的确是这样，都不吱声了。

李保国态度坚决地说："你们如果听我的，就先修路，两个月之内，把路修好了，再叫我，路修不好，就不要叫我来了！再有一个，要叫我帮你们，就必须听我的，就这样，你们考虑吧，我走了。"

杨双牛和村干部，大眼瞪着小眼，都说不出话来。

杨双牛组织村两委班子经过讨论，一致同意李教授的意见：修路。

2003年5月，李保国和岗底村的村干部上山调研

回忆起这段经历时，杨双牛说："当时，李教授对我们提了两个要求：一是在年前把村后沟的环行路修好，他再考虑在岗底开展工作；二是如果他来岗底，他必须说了算。李教授其实是在考验我们村，也是在考验我，看我有没有执行力，看我们村民们有没有干劲，听不听他的。当然，路必须修，当时如果不修，真是上不了山，也种不了树。"

采访时，我们望着现在已经是铺上水泥路面，在山岗盘桓着的那条环山路，深感李保国最初给岗底村规划和设计的英明与正确。

正是这条路，成为让“穷岗”变“富岗”的开端。

路修好了，杨双牛迫不及待给李保国打电话，邀请他来这里看看。

李保国接到电话后，有点不相信，他不相信杨双牛能组织村里在20天内在大山里按他的要求修好了那条路。

“李老师，真修好了，你来看看，看看是不是符合你的要求。”

李保国半信半疑地来了，到山上一看，惊讶了。这条通向山场荒岗薄地的路，比他要求的还宽，也比他要求的还长。

李保国紧紧握住杨双牛的手，高兴地说：“杨书记，你和我一样，是个干事儿的人，说话算话，肯干实干。好，从今天开始，我李保国就在岗底跟你干了。”

于是，从1997年初开始，李保国身穿一个灰色大袄，脚蹬一双破球鞋，带着同在河北农大任教的妻子郭素萍，把行李卷直接

李保国和村民们探讨治山之道

从车上搬到了岗底村给他们临时安排的石板房里，一住就是20个寒暑。

后来，李保国教授把岗底称为自己的“第二个故乡”，还自称是岗底的“荣誉村民”。原因是当他再次来到岗底的时候，村后沟一条长2500米的环行路像飘带一样已经挂在山上。李保国被感动了，他不敢相信，他丢下的一句话，只过了20天，就变成了现实。他知道这条路隐藏着什么，昭示着什么，那是岗底人的心血，那是岗底人的宣言啊！后来李保国还了解到，杨双牛把他的那两句话当成了两道考题：一考岗底的干部群众有没有这个决心；二考岗底人是不是真正尊重科学技术。第一道题是力气题，大雪封了山，但没有封冻岗底人的一腔热血，干部群众背着干粮提着水壶，开始劈山开道。杨群书还记得当时的情景，他说，虽然是寒冬腊月，可能是那个场面太红火了，一点也没感觉到冷，也是憋着一股子劲吧，他记得，在山上有一幅大字标语：天寒地冻赶修环行路,诚心诚意请进财神来。李保国当场表态：要把富岗山庄作为河北农业大学“教科研生产实验基地”，全方位对果农进行技术指导。

白天，李保国翻山越岭，每个山坡、山头都要仔细考察。中午，啃一个凉馒头，就着凉白开咽下去，算是午饭。晚上，他又回到临时住处，挑灯夜战，仔细整理一天下来的考察数据，全村里就属他屋里的灯灭得晚。

半月下来，李保国踏遍了全村的沟沟坎坎。经过对全村8000多亩山场的实地勘察，详细记录每一道沟谷的坡度、图纸特征、地貌类型和植被情况。经过综合研究和分析，充分结合岗底实际情况，半个月下来李保国拿出了三套治山方案：一是种苹果树，人均2亩，平均收入2万元；二是发展板栗，人均5亩，平均收入5000元；三是养殖小尾寒羊，人均2只，平均收入3000元。村民一合计，在李保国老师的账面里苹果挣得最多，自然就成为大家的首选。

李保国二话不说，马上为岗底量身定制了苹果无公害管理方案。

蓝图绘就，只待践行。可这方案在岗底实施起来并非一帆风顺。

李保国首先指导乡亲们科学种植苹果，第一步就是要对果树进行修剪和疏果。可这刚开始的两项技术在推广中就遇到了重重阻力。在岗底村已经种了十几年果树的老农们，一个个都觉得自己是把式。

“咱村的苹果树啥时候剪过枝，咱生怕枝子少呢，谁还嫌枝子多？枝多才能挂果多，这连小孩都懂的道理，还来教我们？”

“这不是故意让咱们减产吗？”

“咱老辈子种树都是靠自然生长，也没修剪，也不疏果。不是也照样结那么多吗？”

“俺还正愁开花少，结果少呢，怎么还让俺疏果呢！简直是胡——闹——”

村民杨仁书讲述这些年的生活变化

说起李保国老师，村民刚旦几度哽咽

七嘴八舌的议论，像针刺一样，尖锐刻薄得令人寒心，却接二连三地向李保国迎面袭来。可他并未退缩，他一户户地做工作，耐心讲解。他把果树比喻成农家过日子，树枝子和果子就是家里的人口，人口多，每口子都得吃饭，最后日子紧巴了，挨饿。剪去几个次要的枝子，人口少了，日子反过得好了，家里的人也长得健壮了。

村民听到李保国浅显、朴实的讲解，脑子开始转弯，但仍半信半疑。

当年，村民杨小平种着十几亩苹果，从未修剪、疏果，每年摘苹果后，整筐子卖也卖不了几个钱。李保国看到他家果树低产量、低品质的状况，便死死盯住他，强制性地要求他必须疏果："杨老弟，如果你自己忙不过来，你雇人也得疏果，哪怕是我来出工钱！"

就这样，李保国和妻子郭素萍各有分工，手里拿着大剪刀，一直钻在苹果园里，死死盯住各家各户果农，亲眼看着他们完成剪枝和疏果，不听话的，他们就直接上手。每户完成后还要经过他来验收，方可"通关"。

个别农户实在不听话，李保国就着急上火地骂上一两句。可那些农户，从未还过口，因为他们都明白一个道理，李保国不是坑人骗人的"假教授"，教他们所做的一切都是打内心里为他们好。

李保国在岗底村向村民传授果树种植技术

为这，当时的岗底村民还给他起了个外号，叫"杠头儿"。

杨双奎清晰地记得，李保国为了教给岗底果农给果树刻芽的技术，他亲自爬到树上示范。正确的做法是在芽前刻伤，而村民却偏偏刻在了芽后，最后效果适得其反。李保国手把手地反复教授正确方法，可村民常常是前边听后头忘，老是弄不成。李保国干着急没办法，气得浑身发抖，一只手没抓牢树枝，一下子跌落在果树下。

"现在想起来就有些后怕，衣兜里斜插着的大剪子，那锋利的尖刃正好抵住了他的肘窝，把他常穿的大袄顶穿了一个洞。幸亏穿的大袄厚，要不真就插进了肉里！"杨双奎掏出手绢在鬓角里沾了沾，想起这件事，他还冒虚汗。

李保国从树上跌下来后，当时两瓣嘴唇紫紫的，脸色也黑得厉害，他眯着双眼，有气无力地摆摆手，示意不要动他，他声音微弱地说自己有心脏病。

大家一起围拢成一个圆圈，紧紧地把李保国围在中心，关切地注视着他。有一个果农给他喂了几口热水，过了十多分钟，李保国脸色转淡了些，嘴唇由暗紫转为深红，总算缓过来，这时乡亲们才把他搀扶起来，送回他在村里的宿舍。

杨双牛带着村医跑过来，叮嘱他什么也不要干了，安心休息几天。可李保国哪里闲得住，令他着急上火的事没有得到解决，他是一刻也静不下心来。

为了让果农尽快掌握技术，李保国把村干部一起叫到他宿舍里开会，一起合计着如何能让果农们准确、清晰、快速地掌握果树管理新技术。

大伙七嘴八舌地议论一番后，李保国胸有成竹："看来，得给乡亲们弄一个明确的工序手册。"李保国请村干部先拉出一套果树管理工序，他利用业余时间，把工序订正、细化、完善。

岗底人文化低。为了让果农尽快掌握好技术，他编写了128道苹果标准化生产管理工序，人手一册，通俗易懂。一年365天，什么时候管什么，不管什么，管到什么程度，都清楚明白。岗底果农就靠这一"金刚钻儿"，不仅生产出绿色、有机苹果，还避免了苹果"大小年"。按工序生产出来的富岗苹果，果形端庄、着色艳丽、个头硕大，而且个个相同，简直就是一个模子刻出来的。

有一次，李保国对杨双牛说："咱这128道工序可别光在兜里掖着，你花钱在媒体上公布出去。"再后来，他又把每道工序写成一个故事，登在报纸上，最后印成书，免费发给果农，发向太行山里种有果树的每个山村，乡亲们都"疯"抢着要。

每次说起这件事，说起果农们如何喜欢他编的故事，而且相互传

2012年，李保国开始实施阳光工程培训

诵，李保国就高兴得摇头晃脑，真像一个稚气未脱的孩子。

他教“疏花疏果”技术时，有的不理解：“听李老师的，他秋后一拍屁股走了，赔了算谁的？”教果农给苹果套纸袋，有人提出质疑：“苹果套上袋烂了咋办？”

杨双牛有些忍不住了，当场在会上批评那些似乎有点“对着干”的村民：“你们要想学技术，就听李老师讲，按李老师说的办！不愿意听就回家去！”现场一下子鸦雀无声了，村民们面面相觑，不敢言语了。

2013年11月，李保国在内丘县主持科技大培训启动仪式

李保国见状，伸出手来拍拍杨双牛的肩膀，示意他消消气。李保国转而却温和地对村民说：“问题是最好的老师。你们能提出问题来，就是我李保国老师的老师！”村民一听李保国这样讲，还这么谦虚，高看自己，不禁激动地拍起巴掌来，掌声由稀稀拉拉逐渐整齐划一，满村都能听见。

李保国不仅向农民推广一些现成技术和外地经验，还自主研发一些新技术在农村推广，把果园变成试验田。苹果套袋技术，也是李保国带领的课题组最新研发的一门提升苹果品质的新技术。然而，这项看似不着边际的新技术，却是李保国通过日常生活观察，通过分析独自研究出来的。他注意到，好多像妻子一样的女人为了护肤美容，经常朝脸上涂脂抹粉的，而且一出门都要戴个帽子或围个纱巾，目的是为了遮阳，避风沙，起到保护皮肤的作用。

李保国细想，如果用个袋子把苹果也保护起来，岂不也能起到同样作用吗？包住苹果就会让它的表皮细嫩，光滑，洁净。到一定时间，拆去袋子，再让它接受几天光照，颜色会很快变红，红得照样细嫩、诱人。

李保国在岗底村推广苹果套袋技术

然而，岗底村的果农们种了多少年的苹果，从来没有给苹果套过什么袋子。很好的苹果，套个袋子，既不透气，又不着光，苹果还能长好？开始时有些果农认为这根本不叫什么新技术，纯粹是奇思怪想，瞎胡闹。

在新技术的推广中，难免有人不理解。既然有人对套袋有顾虑，那就得消除这种顾虑，让农民的旧观念在实践中真正得到转变，最后使岗底苹果整体提升质量和市场竞争力，这才是最终目的。何况这一技术早已在其他地方实验成功。对于自己靠生活启示独创的新技术，李保国充满着自信，他也不想再浪费口舌跟果农们多讲什么。想到这，他猛然拍了下桌子，忽地站起身来，不假思索地高声喊道：“乡亲们，如果套袋减了产，赔了是我的，赚了是大家的！”

这不是夸海口吗？这不是赔着钱给技术打保票吗？

当初心里也没底的杨双牛，听到李保国这句话，也有点替他揪心。这可是当着全体果农的面啊，说出去的话可就是泼出去的水，难往回收啊。套袋技术真要是失败了可怎么向乡亲们交代啊？

可杨双牛毕竟是村支书，岗底的主心骨。请来了李老师，就得跟李老师站在一个战壕里。于是，杨双牛拍着胸脯说：“如果赔了钱，不管多少，我们村干部出！”

但李保国却不怎么“买账”，反而指着杨双牛埋怨道：“你给我的技术上保险没用，乡亲们怀疑的不是你，是我。”

随后，李保国自己拿出5万元购买了16万个苹果纸袋，全部运到岗底村，在农民果园里搞实验。村委会用大喇叭广播，要果农们来领袋子，由李保国手把手地教村民套袋方法。可一只袋子3毛多钱，当时的苹果一斤才卖5毛，经济账一算，多数人都不来领，都认为李保国靠卖苹果袋赚钱是真，推广技术是假。

杨双牛和“两委”村干部，各家各户做工作，但仍有多数果农持观望态度，李保国自掏腰包买来的16万个袋子，只领走了8万来个，余下8万个堆在仓库里。杨双牛心里着急，李保国却心平气和地劝他：“老兄，别着急，农民最讲实惠，等他们看准了，你拉都拉不住！等着瞧吧！”

秋后，离采摘时刻近了，村民们按照李保国要求，套袋的果农家家户户摘下了纸袋。纸袋子一摘，大伙儿可是傻了眼了。果农们发现苹果个头确实比以前大，可颜色却是白擦擦的。

王群书清晰地记得，当时村民都沉不住气了，议论纷纷：“李保国在咱村这是胡闹哩！你瞧瞧现在这苹果弄成个啥？白不拉儿的，谁要啊！”

李保国面对质疑，沉着冷静，憨笑着说：“乡亲们别着急，10天以后看。”

谁料，才过7天，撤下袋子的苹果个个都着色了。

当年，凡是套袋的苹果，个头大，颜色红艳，口感脆甜，品质极好，大受市场欢迎。

李保国套袋技术试验成功了，杨双牛兴奋不已，他说：“这套过袋的苹果就是城市里的‘小姑娘’，没套过袋的苹果就是山沟里的‘老土鳖’。”这样俏皮而形象的比喻，惹得大伙哈哈大笑。

货好价出头。岗底苹果在价格上能出多高的头？杨双牛怀揣激动和疑惑，拿着苹果进了北京，去跟国际上顶级苹果比一比。北京五道口、城乡贸易中心，凡是卖苹果的市场他转了个遍儿。在北京城乡贸易中心，他发现，最贵的日本“世纪一”苹果100元一个。杨双牛狠下心花200元买了两个，小心翼翼地拿回村里，开了一个群众大会。会上，他把苹果切成几十片，分发给村民品尝。他要村民凭着公道良心真实评价一下这百元洋苹果与岗底苹果，到底哪个好吃。大伙尝来尝去，结论一致，都说岗底苹果好吃。最后，杨双牛用商量的口气对大家说：“我们的苹果减半定价，50块钱一个行不行？”

“当——然——行——啦——”乡亲们纷纷把手里的大个红富士苹果抛向空中，异口同声地欢呼起来。岗底苹果自此打破了“论筐卖”的历史，开启了“论个儿卖”的新纪元：5两到6两的每个卖10元，8两以上的极品卖到50元一个，能顶100斤小麦！不料，当场就有水果商公开叫板，收购3000个。天价的岗底苹果在市场上一炮走红。这一下子，农民都服气了，套袋技术在岗底村不推而广，落地生根。

第二年，岗底村的果农们自发购买了160万个苹果袋。第三年，购买1800万个。只要是种苹果的，没有一家不套袋。

经过李保国悉心、耐心、匠心指导，村民的富士苹果栽培技术得到迅速提升。李保国在红富士苹果上又搞起了科研探索，他经过好中选优，优中改良，培育出了岗底1、2、3号优质苹果。这3个新品种含有18种氨基酸，其中，15项高于国家标准，岗底苹果综合果品质量超过了日本原产地红富士苹果。令人没想到的是，岗底苹果还参加了

1999年昆明世博会并获得银奖。山沟沟的苹果登上了国际名品行列的榜首，成为国际果品的上上品。

2013年的阳春三月，岗底村山坡上苹果花盛开绽放，烂漫芬芳。

然而，天公不作美。一场倒春寒突袭而来，漫天大雪飘飞而下，气温骤降。李保国在电视里看到天气预报，一边穿衣服，一边与妻子郭素萍辞行："这样的天气如果造成苹果花冻害，必然直接影响授粉，岗底的苹果就全完了！我得马上走！"

李保国连夜开车从保定出发，沿着积雪的山路来到了岗底。平时2个多小时的路程走了5个小时，到了岗底已过子夜。冻害危急，李保国夜里带领果农们将柴火和烟雾剂点燃，利用"烟熏增温法"改善气候，拯救了整座山上的苹果，这成为岗底人传颂不休的佳话。

20年来，李保国与岗底人心连心，心贴心。杨双牛及岗底村的果农们见证了李保国由专家变农民，并把200多名村民变成"永久牌"专家的全过程；见证了他把岗底由人均收入不足80元的穷村，变成了人均收入3.1万元的小康村；见证了以岗底为中心的富岗苹果连锁基地发展覆盖到太行山、燕山11个县、市369个村，带动7万多农民走上致富路的宏伟图景。

常有人问李保国："你跟岗底不沾亲带故，不图麸子白面，为什么这样卖劲干？"

李保国不假思索地说："我见不得老百姓穷。"

后来，跟杨双牛回忆起这件事时，李保国显得异常激动："有些心里话我不能给村民说，说了人家会说我唱高调。给你说你信。你说太行老区，解放时期牺牲了那么多人，他们图什么？不就图过上好日子？先辈流血都不怕，咱流点汗算啥？"

李保国咳了口痰，按按喉头接着说："你可能说，我那5万元血汗钱也不是大风刮来的。有钱留给谁？钱花到哪？留给儿子可能会害了他，花到村民身上，我觉得就是花对了地方！"

李保国不管走到哪里，总惦记着岗底。

2007年，李保国在日本长野县信川大学搞梨树矮化课题研究，发现那里作为富士苹果的发源地，拥有世界一流的果树管理技术，的确有高明之处，便打电话给他爱人，通知岗底技术员杨双奎去学习。他知道杨双奎没有出过国，一切手续他托人办好，把双奎送上飞机，他在机场接着。路费不用出，饭费不用拿，全由他掏腰包。杨双奎在日本学习了半月，白吃白喝了半月，学习了一肚子现代化果树管理技术。该技术以下垂枝结果为主，采光好、通风好、抗风灾、果形正、品质好，省工又省力。这项国际领先的技术成就了“富岗”苹果。

岗底有一位叫梁山林的村民，是出了名的“大懒汉”，每天都是“衣来伸手，饭来张口”，早饭都要母亲给他端到被窝里吃，吃了睡，睡了吃，37岁了还打着光棍。

在李保国的鼓励和帮助下，梁山林承包了几亩果园

梁山林如今买了小汽车

李保国了解情况后，便想着把这个懒汉“改造”成有出息的男子汉。

他找到梁山林，笑着劝他道：“兄弟，你包几亩果园吧，种上苹果，挣点钱，盖个好房子，快点娶上个媳妇儿……”

梁山林不敢正眼瞧李保国，垂着头说：“我不会种，再说那挺累人的吧……”李保国扶着他的肩膀说：“你身板这么好，年纪轻轻的不能光闲着，得干点事啊。啥事不干，不挣个钱，哪个女人愿意跟你？兄弟，你干吧，有我帮你，赔了算我的，苹果挣了钱都是你的。”

梁山林第一次听到这样贴心的话，他慢慢抬起头来，看着李保国那双充满温情和坚毅的眼睛，流出了眼泪。

按照李保国的要求，梁山林种了4亩半苹果树，每天起早贪黑地泡在果园里辛勤劳作，再加上李保国的指导和帮助，果树长势很好。眼瞅着梁山林地里、家里都变了样，“懒汉”的帽子一下子甩掉了。第二年开春，提亲的就上了门，冬天就结了婚。后来，梁山林又包了一亩半果园，6亩果园年收入15万多元。如今的梁山林，早已走上富裕路，住上了楼房，开上了轿车，还买了商铺。

在岗底，像梁山林这样，被李保国改变命运的农民还有很多。

李保国知道，要农民变成专家，得叫农民对技术从感性认识上升到理性认识上来。2009年，他建议岗底抓住邢台市农业学校开展“送教下乡”的机遇，在村里腾出两间教室，送100名果农上中专班，农闲上课，农忙下田。2010年，岗底又请农校的老师对全村18岁至55岁的208名果农进行了果树专业技术培训。为了鼓励村民学习，岗底村村委会对获得果树技能证书的村民种的苹果，每公斤收购价比无证的多2角钱；年满60岁的持证者享受村里的养老金比无证的多一倍；对考试成绩前3名的村民分别奖励1500元、1000元、500元。最终，191名学员顺利通过考试，分别获得初、中级果树工证书，岗底成了全国第一个“持证下田”的村庄，《人民日报》等中央媒体给予了报道。2011年春节前，时任国务委员的刘延东同志得知这个消息后作了批示，批示中除给予岗底农民职业化“持证下田”充分肯定之外，还给岗底父老乡亲们拜年。富了钱袋和脑袋的岗底人，真正尝到了掌握科技知识的甜头。

2011年，岗底人又做出一个决定：凡拿到果树初级工证书的，要尽快拿到果树中级工证书；凡拿到中级工证书的，要尽快拿到高级工证书；凡中专毕业的，要尽快拿到大专学历。2012年秋季，岗底有100名果农中专毕业，后来又上大专，两年以后就要读中国农业大学的本科，直至2016年这100名果农真正变成了“本科生”农民。这4年间，岗底又陆续培养了100名中专生。当这200名“大本”农民毕业后再回到岗底工作，这些农民的素质跟发达国家农民的素质真可媲美。

岗底农民全部实现职业化是一个趋势，这一趋势已经显现。2013年，岗底就有14户村民除了种自家的果树外，又租赁邻村荒山33.8亩种苹果，年租金每亩1000元，一租30年。租赁期满后这14户可获得利润1757万元，户均125万元。岗底村村民常海祥家里种有6亩果园，一年减去开销净剩12万元。目前，他正在计划雇10个人，租赁20亩山，一租30年。他的算盘是：租赁期满，收入可达1040万元，扣除10个人的工钱390万元和60万元的租赁费，还净剩590万元。加上现在经营的6亩果园的年收入，4年后，他这个四口之家年纯收入就会达到35万元。如人口不变，年人均收入8.75万元。常海祥是岗底职业农民的代表。

2015年12月9日，李保国在岗底村召开果农专家论坛会

为了提高果农理论水平，2015年冬天，李保国主持召开了首届岗底果农专家论坛，11位农民上台演讲，李保国一一点评，不断为他们喝彩。论坛会结束后，李保国高兴地对杨双牛说：“这200多位农民理

论家真可称得上专家了，有实践、有经验、有理论，会传授。这是岗底最大的财富！”

杨双牛回答说：“那还不是你成就了他们！”

李保国却谦虚地说：“老兄你说颠倒了。没有他们我哪来的科研成果？不是我成就了他们，而是他们成就了我。”

杨双牛深知李保国这不是谦虚，而是他始终明白“我是谁，为了谁”。20年来，李保国和岗底人摸爬滚打在一起，村里没人把他当教授，而是把他当成岗底人。在年轻人眼里他是一个大叔，在同龄人眼里他是一个兄弟，在全村人眼里他是一个邻居。作风代表教风，平易近人、艰苦朴素的作风使他变成了农民，也使农民变成专家。

有人说，富岗苹果为什么能获得99世博会银奖、奥运会专供果品、中国驰名商标、河北名片、邢台金名片？一个苹果咋能卖到100元的天价？那就是因为李保国教授的实验田在岗底，他在太行山研究推广的28项技术中，有15项是在岗底实验成功的。富岗苹果是他精心培育出来的，正是他的高超技术，才使富岗苹果成了村民的“金娃娃”。

“科技加支部，岗底一定富。”这是李保国和杨双牛在一次闲谈时，李保国随口对杨双牛道出的“岗底经验”之总结，是他们手挽手、肩并肩、创造性带领贫困农民走向幸福生活的经典之作。

李保国称岗底是自己的家，岗底授予他荣誉村民。他心里装着更多的是岗底这个家，甚至比他保定的家看得还重。他多次嘱咐杨双牛，一定把村里娃娃培养成有知识有文化的人，钱不在多少，设个奖学金，起个鼓励作用。他说，一个家庭出一个大学生可以改变一个家庭的命运。可他关心岗底的娃娃却忽略了自己唯一的儿子。20年来他几乎是两点一线：保定—岗底，岗底—保定。一年200天在岗底，根本顾不上孩子，读高二的儿子李东奇即将进入高考冲刺，他想能就近照顾孩子，便把儿子从保定转到内丘一中。一天，孩子跟同学打了架，杨双牛和李保国、郭素萍两口子从岗底开车57公里急忙赶到学校，郭素萍看到儿子委屈的样子，抱着孩子痛哭起来。作为父亲，李保国在娘俩旁边站着，一句话也说不出来，他深知自己愧对孩子。

杨双牛当时在场，心里也很不是个滋味。他心里明白，其实对不起孩子的并不是李保国两口子，而是岗底人。后来，李东奇只上了个大专，如果李保国不长期“断守”在岗底，始终陪在孩子身边，东奇的学业也不会这样。

李保国近年常说：“国家给我发着工资，一个月八九千元，吃不清喝不清……这么多年，名、利，我没追求过，到最后我都得到了。我相信，你只要干点事就行了，终究会有人认可。”

李保国是这样说的，也是这样做的。淡泊名利，甘于奉献。一心干事，别无杂念。

有人曾问杨双牛：“你们一年给李保国多少钱？”

杨双牛一听这话，就替李保国教授叫冤屈，寒心地说：“有人觉得不给李老师钱，他就不会这么豁着命地在村里搞服务。其实，李老师根本不缺钱，但他又没钱！他在岗底搞技术服务，不仅有课题经费，还有项目经费，少则几万、几十万，多则上百万。可这钱一分也不属于他个人，一分一厘都要用到科研课题和扶贫正道上。”

杨双牛十分了解李保国，对于别人的误会和诘问，他感觉有些不解和气愤。

李保国曾对杨双牛说：“我李保国在课题和项目资金上绝对是个‘铁公鸡’，谁也别想打钱的主意。钱经我手不假，我只是个过路财神。凡经我手的课题费、项目费，谁要想打歪主意，没门！”事实就是如此，他无论在哪里搞服务，既不拿工资，也不占股份，不但自己不挣钱，有时还倒贴经费。

由此，有人给李保国送了一个绰号：铁公鸡。

如今的岗底村，真可谓今非昔比！有村民编成一段顺口溜：

有百万富翁，没两手空空；
村民住楼房，娃娃有学堂；

做饭烧燃气，出行开轿车。

这个顺口溜不仅在村里流传开来，在整个内丘县也广泛流传。岗底成了这一带太行山区里闻名的“首富村”“文明村”“小康村”。

还有人把岗底誉为“太行山的世内桃源”，来到岗底，可观蓝天白云，赏日月星辰，吸负氧离子，吃有机食品。

岗底的穷帽子是李保国20年的无私奉献帮他们甩掉的，岗底的好日子是李保国用生命换来的。如今岗底富了，正到了他梦寐以求想跟岗底人一起分享美好的时刻，可他却遗憾地走了，再也看不到了。

李保国去世后第二天，岗底人专门为他举行了追悼会。群众要求把他埋在岗底，立一座碑，每年清明给他扫扫墓。在岗底再给他建一座纪念馆，把他的精神世世代代传下去。

杨双牛在第一时间赶到保定，中途返回岗底主持追悼会，接着又赶往保定送别李保国最后一程，归途中他含着泪竟写下这样的诗句：

那年的谷雨，
一位高僧去了西方，
吴刚移了太行一棵树，
种在月宫桂树旁。
天上的三天，
人间的三年，
为了天上那棵树，
请走了保国，
可苦了太行，
愁了富岗。
……

其实，杨双牛也不用犯愁，每年的秋天，岗底村那一道道山一道道岭上，漫山遍野的仿佛一盏盏红灯笼的大苹果，一个个都会饱含着李保国教授的心血，永远温暖着杨双牛和他的村民们那日益美好的幸福生活。

内丘县岗底村的富岗苹果迎来了大丰收

李保国就是为了岗底村的幸福生活而来的，他留下的岗底这座“红苹果乐园”，芬芳四溢，世代飘香。他虽然悄然离去，但看到岗底这一切，他无怨无悔。

第三章　南沟人的好日子

沟里鲜花一片片，山上果园连果园。
上山不走陡峭路，平坦宽道绕山转。
自从来了李教授，亩产效益上了万。
……

在临城县西部太行深山区的赵庄乡南沟村，苹果种植大户安喜贵一边开着小轿车，一边哼着小曲儿，沿着宽敞干净的水泥公路向山上的果园奔驰着。刚刚入春，山上的苹果树到了灌溉的紧要时期，他这是开着车下地干活。

如今，南沟村里像安喜贵一样开着车上山管理果园的农民越来越多，已司空见惯，成了日常行为。

安喜贵来到自家果园里，把电闸一合，每行果树顶端都埋设着节水溢流管道，很快便开始冒水，水顺着挖好的水沟直接流进了每行的树坑里，春灌就这样开始了。

安喜贵从兜里掏出烟来，悠闲地抽上一根。他站在山上放眼观望，漫山遍野的苹果树、板栗树和核桃树，长势喜人，绿意盎然，生机勃勃。

“你别看现在这些山上长满了果树，可在几年前，这些可都是选矿留下的尾矿库，足足压占了3条沟约500亩山场。”安喜贵指着远方说。

如今，这些尾矿库经过深度治理，摇身一变成了他们致富增收的“花果山”和“绿色银行”……

南沟由贫穷到富裕的变迁之中，除了带头人安小群和全体南沟人的勤劳奋斗之外，离不开一个关键人物，他就是河北农业大学教授李保国。

李保国最早是在1997年经杨双牛介绍，与安小群认识的。

安小群上任不久，便着手开展矿山治理，重新开始发展林果产业，引导村民大面积种植红富士苹果。

南沟距岗底不远，再加上安小群与杨双牛又是“串蔓儿”亲戚，便隔三差五地朝岗底跑，学习岗底种植果树的经验。杨双牛便给安小群介绍了正在岗底开展技术指导的河北农大的李保国。李保国信任杨双牛，同时也看到安小群是一个处事稳当，真心想干事的农村带头人，两人很快便熟悉了。

安小群发出邀请，请李保国担任南沟的常年技术指导，李保国随口应允，但强调了一句，要先到村里看看再说。

安小群的三哥安栗峰在外村干选矿厂，起步早，挣钱多，很快致富了。早在20世纪80年代就成为邢台“致富能手”，也是邢台最早购买奥迪车的人。安栗峰后来还当选邢台市政协委员、创业标兵，河北电视台、中央电视台等媒体曾以《太行好汉》为题目，专门报道过他的先进事迹。

安小群找到三哥借来一辆最好的奥迪车去岗底接李保国。保国见状，不喜反恼：“老哥呀，你村这么富，都趁奥迪了，还要我去干啥？”他扭头朝回走。

“哪里哪里，我这是专门借了一辆高级车来接您！”安小群看见李保国有些不悦，尴尬地追上他，挽住胳膊解释着。

“你没必要在我面前摆阔气，我不坐你这借来的车！”李保国说话很直，不拐弯，弄得安小群有点下不来台。

安小群慕名请李保国去南沟村指导果树栽培技术

杨双牛见状，生怕闹僵，赶忙过来打圆场："这样吧，让李老师坐我的车，你们在前面带路！"

可李保国也没坐杨双牛的车，愣是坚持开自己的车："我就开自己的车，在你那里看完果树以后，我就直接回保定了，学校还有不少事等着我。坐你们的车还要把我送回来，麻烦得很！"李保国神情似乎有所缓和，一边解释一边微笑起来。

安小群拗不过他，于是便安排司机开着奥迪在前面引路，自己却坐到了李保国的车里，与李保国拉拉家常，套套近乎，一路谈笑风生，大有相见恨晚之感。这时，李保国倒像突然变了个人似的，刚才的严肃和执拗一下子全然不见了，尴尬气氛烟消云散。

两辆车一前一后，在山路上盘桓着，朝南沟飞奔而去……

南沟村，位于太行山深处，原名叫河泜村，是流经临城县的主要河流泜河的发源地，是临城县最西端的一个小山村，共有180户人家，

600多口人。

这里地处偏远，交通不便，人多耕地少，农业全靠望天收。贫穷和落后像两座大山，沉甸甸地压在南沟人头顶上。

“山上和尚头，下雨遍地流，有雨就成灾，无雨渴死牛。”这是20世纪七八十年代南沟村的真实写照。

南沟和岗底都在太行山里的同一山脉上，可南沟村里却有着丰富的铁矿资源。

早从1984年开始，贫困的南沟人就将目光锁定在开发铁矿上。开矿最火那些年，村里几乎所有的男劳力都扔掉了农活，专门去做矿工。采矿，选矿，昼夜不停。

南沟人沾了采矿的光，也吃了采矿的亏。通过开矿，虽然个别人的腰包鼓了，但矿业垃圾堆积成山，不仅给村里埋下了重大安全隐患，也使生态环境遭到严重破坏。

整治矿山地质环境现场

刮风时，尾矿砂满天乱飞，黄沙肆虐，睁不开眼，一张嘴满口牙碜；下雨时，污水顺着山沟往下奔流，四处都是黑乎乎的，散发着难闻的矿石味。

转眼，到了90年代，尽管靠开矿生活有了一定改善，但南沟村与县里的其他富裕村相比，仍是个经济落后的穷山村，村里纠纷长年不断，干群关系十分紧张。

1997年12月，沉默寡言、个子不高的安小群任村党支部书记。“既然选我，我就一定要干出个样来，让全村彻底摘掉穷帽子。”安小群对着全村乡亲掷地有声地撂下这句话。

“必须把这个金娃娃紧紧攥住，肥水决不能浇了外人田。”安小群暗下决心，他上任第一件事就开始对矿山进行治理，结束了长年“诸侯混战”的局面，迅速组建了包括两个矿山、两个选矿厂在内的南沟村股份制企业。公司按照村里的人口入股，不论男女老少，只要是南沟户籍的都可以参股，让村里的农民成为公司的主人，形成“人人有股份，人人享福利”的局面。

从1997年到2000年，南沟人均收入由700多元增加到了2680元，家家户户有存款，人人年年有分红。集体经济收入也从原来的几万元增加到数百万元，南沟人从此摘掉了穷帽子。

二十多年来，南沟集体经济的确壮大了，村民也富裕了，但随之而来的环境问题却深深刺痛着大家的心。

“俗话说靠山吃山，但山也有被吃完的时候。村里山上的矿产资源终有一天会枯竭，只有调整产业结构，转型升级，南沟才能实现可持续发展。”这是关乎南沟百姓未来生活和子孙后代命运福祉的大事，牢牢揪着安小群的心，令他坐卧不宁，夜不能寐。

“没有好的生态环境，钱挣得再多，群众也不觉得幸福！”

“决不能贪图眼前利益，砸了子孙的饭碗。”

经过反复思索、研究，并到各地考察、学习，安小群和“两委”班子达成一致意见，决定在广阔的山场上栽植苹果、核桃、板栗等经济林木，这个方案既改造了矿山开发所遗留的污染问题，实现绿化固山的目的，又能实现林木本身的经济价值，可谓“一箭双雕”。

为改变自己身边的环境，南沟村人下定决心进行转型，在逐年减少采矿，全面停止矿山开采的同时，大力整治生态环境，拉开了治矿、治山，美化家园的序幕。

开采铁矿时，铁粉被精选后留下的尾矿库堆积如山，能有什么利用价值？聪明实干的南沟人为了彻底解决尾矿的环境遗留问题，采用了中国地质科学院尾矿综合利用中心的专利技术，利用尾矿矿渣生产多种功能的建筑用砖，现在每年可消化尾矿50多万吨，生产标准砖1.5亿块，实现变废为宝；尾矿粉清除后，又经过固堤、引水，在上面覆土后，栽上苹果树，建成一座座果园，既消除了安全隐患又提高了农民收入，一举两得。曾经采矿留下的荒岗秃坡经过开沟、换土、引水、植树重新披上绿装。

2009年，南沟村痛下决心，关停了铁矿，开始走生态富民之路，实现了循环经济发展模式，不仅改善了村里的环境，成为村民增收致富的新亮点。

1998年至今，安小群带领南沟人改善生态环境的步伐从未停歇：陆续投资300余万元，治理荒山1000余亩，栽植白皮松80余万株；治理尾矿库，造地200亩，种植苹果、核桃等果树1.1万株；开展为期三年的小流域河道综合治理工程，修建南沟大桥，修筑护村坝3000多米……

刚进入南沟村地界，李保国忽然感觉小肚有些憋胀，便把车赶忙停到路边，钻到一片果园里小解。

李保国一边小解，一边四处瞅瞅，忽然发现身边的一棵苹果树有些疯长，枝条稠密，叶子多得密不透风。这是一棵大约3年树龄的苹果树，应该快挂果了，可显然没有修剪过，这会大大影响挂果质量和产量啊！李保国心急如焚，他慌忙提起裤子，麻利地勒紧腰带，快速跑回车跟前。他掏出钥匙，打开后备厢，从里面取出一把大剪刀。随后又跑回那片果园，重新来到那棵果树前，伸手“咔嚓咔嚓”地剪了起来。

李老师这是要干啥？安小群在车里待不住了，他开门下来，蹲在车旁远远地瞅着李保国。

只见李保国手持大剪刀，在果园里认真地一棵挨一棵地修剪果树，头上都沁出了汗。

恰在此时，果园的主人霍老五急火火地跑来。刚才，他远远地就望见有两辆汽车停在自家地头，不免心生疑惑，便赶忙过来看看自家果园里到底发生了什么事。

霍老五刚到路边，就听到大剪刀的“咔嚓咔嚓”响声和树枝“窸窸窣窣”掉落的声音，循声望去，发现一个陌生人正在自己地里乱剪果枝，顿时大喊：“干啥咧？！俺好端端的树，你上去乱剪，你是要成心毁了俺家的树呀！”他捋起袖管儿，瞪着一双大眼，气冲冲地盯着李保国，根本没有留意安小群还在路边。

去往山区的行进途中，李保国常常会突然停车，进道边的果园里管“闲事”

说话不及，霍老五便大步流星走上前，毫不客气地把李保国的剪刀一把夺了过来：“不许毁我的树！”

“你误会了，误会了，我是果树技术员，”李保国赶快向他亮明自己的身份，并向他解释道，“我可是你们南沟村请来的呀……”

霍老五平时在村里是出了名的“杠子头”“老犟筋”，用现在的话说就是有点“二”。对此，他丝毫听不进去，继续冲着李保国高声嚷叫：“用不着解释！我不管你是谁请来的，你到别处随便剪，别在俺家园子里瞎折腾！”

安小群见状，赶忙站起身，跑上前来劝解。

“老五，你咋回事？这可是我请来的专家，河北农大的教授，李保国李教授。咱村的果园都得靠人家疏果、剪枝，你还急啥？赶快赔礼道歉！”

“俺不管他什么李保国、王保国，他没经过俺同意就剪俺的树，还让俺赔礼道歉？没门儿！”霍老五气头不减，丝毫不给支书面子。

李保国看着霍老五生气的样子，上前解释道：“兄弟，你家的果树没有剪枝，这会影响以后的挂果质量和数量。我这是在帮你的忙。”

“枝子越多，挂果越多，你给俺剪去好多，俺这树不减产才怪哩！”霍老五争辩着。

李保国“扑哧”一声笑了，乐呵呵地说：“哈哈，兄弟，你那是什么歪理儿咧，你懂计划生育不？这都是一个理，孩子多的家庭负担就重，如果就供一个孩子上学、就业、娶媳妇盖房就省劲儿多了……苹果树也得实行‘计划生育’，你懂不？”

“噢……倒是在个理儿……”李保国这番诙谐、幽默的话，让霍老五怔一怔，不由松开了眉头，但想想之后，又嘀咕道，“可是……我们村种苹果树多少年了，从来没见谁家剪过枝……”

“对啊，要不就是说吗？你们村为啥种了几十年苹果就没有卖过好价钱？没有靠果树发家致富呢？说白了，就一个原因，你们不懂果树管理！”李保国笑了笑，继续解释道，“你看，你家那些树，都快长疯了，以后扑扑棱棱地光空长枝子，不好好结果，啥原因？那就是不搞‘计划生育’啊！那有限的营养和水分都被树枝子抢走了。”

“嘿嘿，好像是这么个理儿。”霍老五摸摸后脑勺，也笑了，“你这个比方打得好，让俺一下明白了。可你刚才‘咔嚓咔嚓’的剪得俺心疼啊！”霍老五边说边把剪刀递给李保国。

“现在心疼，将来高兴！听我的，你就等着笑吧！”李保国拍拍霍老五的肩膀说。

李保国告诉乡亲们，果树也得“计划生育”

李保国分析，南沟和岗底的情况一样，在果树管理上都是靠传统、过时的错误观念和经验，缺乏新知识和新技术。必须马上帮助果农们纠正过来，让他们少走弯路，尽快致富。

“你下午两点还来这儿，就在你家的果园，我给全村果农现场讲课，就从这第一课讲起：修剪枝条。”李保国接着便以主人的姿态开始布置任务，安小群、霍老五在一旁恭敬地听着。

“老五，那你就通知一下咱村的乡亲吧，下午两点前到你地里集合。我陪李老师到别处再转转。”安小群扭脸对霍老五吩咐道。霍老五支支吾吾地应允了。“记住！赶快通知，都必须通知到本人！”安小群临走又叮嘱他。

就这样，从一泡尿开始，李保国开始了为南沟村谋划幸福生活的“新征程”。

安小群以村委会名义当天就给李保国颁了一个“大聘书”，正式聘请李保国为南沟村常年技术指导专家，给李保国专门在南沟矿业公司的办公楼里安排了一间房，既当办公室又当宿舍，长期吃住在南沟。有了李保国“坐镇”，安小群底气十足，他审时度势，带领南沟抬脚走出了关键的三步棋：

第一步，根据李保国的建议，富民和绿山一脉相承，同时启动。治山就得让一亩山地出四分良田，再让四分良田的效益相当于四五亩平原的耕地。村里投资数百万元，治理荒山5000多亩，修盘山路18公里，从山脚到山顶，依次划好梯级范围，低处栽植苹果，中间栽种薄皮核桃，高处栽种板栗等果树，共计3000多亩，既增加了收入，又改善了生态环境。

第二步，为进一步提高果品品质，南沟村组织干部和种植户到邢台县前南峪村、内丘县岗底村多次参观学习，解放思想，开阔眼界，学习先进经验，根据南沟气候、温差、海拔等地理特点，在李保国教授指导下，详细制订《南沟村生态沟建设规划》，严格标准化生产管理，生产出符合国家绿色食品、无公害果品标准的优质红富士苹果，果品收益大大提高。

第三步，在2000年，正式注册了“绿森”商标，成立了培育农业产业化龙头企业河北南沟绿森林果有限公司，统一管理和销售。“绿森”牌苹果连续荣获河北省第七、第八、第九届消费者信得过产品；2006年被评为河北省著名商标；经中国绿色食品发展中心审核，“绿森”牌苹果被认定符合绿色食品A级标准；在2006年中国·河北(邯郸)第三届国际农业精品展销会上，“绿森”牌苹果获得银奖，“绿森”牌核桃被评为特别金奖。2008年“绿森”苹果、核桃分别荣获河北省特色农产品暨农业引智成果转化精品展销推介会金奖、银奖。2009年“绿森”苹果、核桃分别荣获河北省有机、特色农产品，农业引智成果转化精品展销推介会金奖、银奖。2010年“绿森”红富士苹果被认定为有机转换产品。2010年“绿森”牌有机早熟红富士苹果、纸皮核桃共同荣获第十四届中国（廊坊）农产品交易会河北农业有机及绿色食品特别金奖。

随着绿森果品市场的不断开拓和知名度的提高，产品供不应求，有的优质苹果售价达到100元一个，每亩平均收益一万余元。仅靠林果业一项，全村人均年纯收入即可增加3000多元，林果业已成为群众增收致富的重要途径，并推动了全县林果业的发展。公司在发展过程中始终坚持走共同富裕的道路，形成了“公司＋基地＋农户”的生产模式，既增加了农户的收入，也有效地解决了农村劳动力闲置的问题。

为让村民生活得更加舒心，南沟村先后投资300多万元，建桥梁、铺道路，为农民出行创造便利条件；建沼气池、垃圾池，改厨、改厕，安排专人清扫街道，使村庄卫生更加干净整洁。几年来，该村在公路两旁栽植绿化苗木2万多棵，在村周围栽植33万株苗木，形成了以柏树、松树、橡树为主的环村景观林带。

在新农村建设中，南沟村富了不忘村民居住条件的改善和提高，聘请北京筑波规划设计院，对全村进行总体规划。依照“绿色、生态、自然”的原则，制定了《赵庄乡南沟绿色生态村规划设计》方案，把南沟建成环境更加优美、功能布局更加合理的现代化新农村。

南沟有150多户人家长期散居在三四里长的河谷中，占用了过多的耕地，特别是遇到雨季，洪水灾害隐藏着极大危险，大家因居住地过低时常心惊胆战，晚上经常支棱着耳朵，不敢睡觉。

南沟两委班子集体研究后，迅速启动了新民居建设计划，先后投资600万元进行新民居建设，经过3年奋战，绝大多数群众住上了两户一体、独门独院的二层小楼。靠林果业致富的南沟人纷纷告别石头房，住进了楼房。正如村民韩钢键所说，“这楼上楼下240多平方米，比城里人住得宽敞多了”。

“好多人一来我们村就不想走了。你看这山青水绿，空气新鲜，用你们城里人的话说就是‘天然氧吧’。我们的别墅都是新盖的，内部也都是刚装修的，有线电视、电脑全都配上了，比大城市里的星级宾馆也不差。”村民韩平山自豪地说。

村集体又将腾退置换出的土地进行绿化，使得全村绿化面积大幅度增加，目前，南沟村的森林覆盖率超过了90%。如今，南沟村的“山”真正变成了丰茂肥美的“花果山”，南沟村的“沟”全部成了遍地流金的“经济沟”，现在的绿水青山真正成了“金山银山”。形成了以矿业为主导，林果种植业和生态旅游业协调发展的产业格局。

2015年南沟村全部林果业的收入超过了4000万元，人均纯收入超1.5万元。

生态立村，土地生金。

如今富裕起来的南沟村每人每年能从村集体企业中获得分红5000多元，村民的用电、用水全部免费，每人每年还能领取200元福利费，对考入大学的学生每人每年给予1000元补助。

经济富裕了，环境好了，风气也逐渐变好了。农闲时，该村经常组织群众按不同年龄段、不同文化层次选读书刊，组织卡拉OK比赛、免费播放电影等多种文化活动，丰富群众的精神生活。南沟还建立了党员干部联系户制度，每名党员干部联系5至10户群众，既帮助致富，又带动和弘扬新风。十多年来，南沟没有发生一起上访、刑事和治安案件，被省委、省政府命名为“河北省文明村”和“河北名村”。南沟村委会连续十年被临城县委授予“红旗党支部”荣誉称号；连续十年被临城县政府授予“红旗村”荣誉称号。2010年南沟村在第十届全国村长论坛上荣获“中国特色村”的荣誉称号。

在安小群办公室的墙上，挂满了各种奖牌、奖匾、奖杯，靠墙的桌子上摆了厚厚一大摞荣誉证书。安小群作为南沟村支书，作为南沟村的致富带头人，他和他领导的南沟村先后获得过60多项奖励，其中他本人被授予“河北省优秀私营企业家”“社会主义新农村建设领头雁”“优秀共产党员”“农村党员致富模范”“河北省基层党组织优秀党支部书记”“河北省十大优秀村官”“邢台市劳动模范”等多种称号，南沟村被评为“全国敬老模范村”“河北省森林绿化先进村”等等。

如今的南沟，尽管村里9000亩山场绿化率已达95%，但南沟村干部群众一刻也没有停下治山造绿的脚步，正抓紧实施春季造林，计划补植柏树4万株，谋划实施餐饮、住宿、采摘等系列项目。南沟还被河北省旅游局评为“省级农业观光旅游示范点”“河北省十佳工农业旅游景区”，每年都吸引了众多省内外游客前来参观游览，该村也被游客誉为“太行山中的生态明珠”。

2011年11月8日，中国南沟东方巨星电影电视剧拍摄基地揭牌仪式在南沟举行，这为南沟大力发展生态旅游和影视文化产业开了个好局。据了解，由东方巨星电影拍摄公司投资拍摄的电影《山谷回音》已在南沟村完成外景拍摄工作，2012年在中央电视台电影频道和全国农村数字电影院线播出。《山谷回音》的

南沟村影视基地成立

拍摄让村民尝到了“文化饭”甜头，不少村民不仅圆了电影梦，还从剧组赚到了钱。

南沟村在连续3年举办“中国南沟苹果采摘节”的基础上，又针对关停的矿山编制《矿洞旅游规划》，对有着千年以上悠久历史的旧村中保留下来的明清民居进行修缮，并启动了民俗博物馆和影视城的建设。

接待过好几个电影、电视剧剧组后，安小群认识到影视文化产业对旅游的带动作用十分明显。“我们将吸引更多的电影、电视剧剧组到南沟拍摄，通过打造‘影视城’来向全国观众推广南沟形象。”安小群信心满怀地说。

2014年8月21日，李保国到南沟村进行核桃小树秋季管理技术培训

“未来南沟要发展乡村旅游，不仅让游客享受青山绿水，鸟语花香，还要深度发掘秧歌戏、临城南调等具有南沟特色的民俗文化，丰富游客文化生活，用‘善行文化’、先进文化感染游客，把南沟打造成一个‘善行文化’旅游的基地。”2012年新年伊始，安小群就确立了全年的旅游工作计划，以弘扬传统孝道文化为主题的影视剧《新二十四孝》已在南沟开机，未来我们还打算推出《新二十四孝》的动画版，认真践行‘善行河北’，让乡村游借着‘善行文化’的东风快速发展。”安小群对南沟的未来充满了希望。

一个集观光采摘、休闲度假、影视文化为一体的生态旅游示范村正在太行山崛起。

仲春已过，时至立夏。

沿着山路信步走上南山，来到一个在建的观景台，边欣赏风景边继续着采访。山下，一大片一大片的梯田，像无数块巨大的波痕石，朝远处的山峦尽情蔓延，一直融入了湛蓝湛蓝的天空。梯田里的苹果树繁花似锦，翠绿的麦苗生机勃勃。红花绿草之间，清澈的山泉绕着山脚蜿蜒而去，抖出了一条条美丽的飘带。

漫山遍野的草木都开花了。洁白的杏花犹如一团团云雾挂在远近的山腰，桃花摇曳着少女一般绚丽的笑脸，山丹丹举起了热情的火炬，迎春花与杜鹃花争芳斗艳。散布在草丛中的山菊花、连翘、马兰花、野百合、牛蒡、王不留行、蒲公英和车前子，如碧波上五彩斑斓的金鱼活灵活现。山脊上滚动着绿绒球似的沙蓬棵，耳边飘荡着风铃的鸣响。

各种花草与铺天盖地的苹果花与繁茂的林木交相辉映，浓郁的芳香在山野间肆意飘荡。丝丝凉意轻轻拂面，郁郁草香沁人肺腑，令人心旷神怡。蝴蝶和蜜蜂上下飞舞地奔忙着，像南沟人一样勤劳。

千山鸟语，万壑松风，好一幅太行春色图！

安小群指着办公楼里的一间房子：“这是李保国教授的办公室和宿舍，我们南沟永远给他留着。”

“没见过这样的好人！比我还小两岁哩。南沟富了，他却走了……”安小群虽然戴着茶色眼镜，仍可依稀看到他眼眶里打转转的泪花。

2014年8月21日，李保国到南沟村进行苹果技术培训

南沟从依托矿业资源的“黑色经济”到以生态旅游、文化产业为支撑的“绿色经济”，在资源转型发展之路上，不能忘记，也绝不会忘记李保国！

第四章　狐子沟里核桃香

一条大约十几里长的大荒沟，自南向北蜿蜒曲折，铺展在临城县城东北十余公里鸭鸽营乡李家韩和西洞两个村之间的一个荒山秃岭上，大家习惯上称这条大沟为“狐子沟”，沟的东西两旁，是大约有五六里宽的苍凉荒芜的石岗野坡。

1999年初冬时节里的某一天，大约是临近中午时分，有几个人正踏着大沟东侧荒岗上干枯的杂草和乱石滩边走边谈。

此时，天空阴云密布，地表浊气弥漫，寒冷的西北风迎面吹来，起伏的丘陵白茫茫一片，近处的沟壑碎石裸露，能生长的植物就是荆条、野蒿、杂草，偶尔有一棵孤零零已经死去的枯树在风中摇动，发出“啾啾”的响声。向四周眺望，看不到任何村庄和任何障眼的树木，只有灰黄和荒凉的山岗起伏，独享寂寞和清冷。有诗曰：

炎炎酷夏，旱魃横行暴雨虐。
凛凛严冬，朔风漫卷冰雪狂。
旧梦依稀，乱石岗上，春种时光，砂陈砾乱籽难播。
秋收季节，镰挂人闲地撂荒。
寒暑易节，朝代更张，
大野凄凄兽绝迹，长空寂寂鸟罕翔。

这里，之所以叫“狐子沟”，是从前野狐狸出没的地方，当地人称狐狸为“狐子”。这地方是太行山东部的浅山丘陵地区，从古至今都是那么荒凉，野草丛生，碎石遍地，无法耕种，如果扒开那层浅土，会发现里面净是红石头蛋蛋。有民谣道：“晴天渴死牛，雨天遍地流。兔子不拉屎，狐子都犯愁。”

周边的村民世代贫穷，年收入只有几百块钱。在临城广大的丘陵和山区，具有这种地貌的地方比比皆是，因此，该县多年来是国家重点开发扶贫县。

狐子沟没有路，几个人踏着枯草和乱石磕磕绊绊前行。

走在最前面的两个人，个头差不多，胖瘦也差不多，都是四十多岁，左边的叫高胜福，右边的叫李保国。

高胜福是临城县电信局的负责人，年初响应县里的有关政策和号召，与当地政府签约承包了狐子沟东侧约3000亩的荒地。而李保国，则是通过时任临城县科技局局长的王庆志请来的河北农大教授、林果专家。

这是李保国第一次来到这块“不毛之地”，用规范的说法就是到这里“考察”。但他当时并不知道，这是他一生中伟大梦想得以全面实现的开始，也是他“把论文写在太行山上”最辉煌的篇章。

而让承包人高胜福做梦也想不到的是，由于李保国今天的到来，这块面积3000亩，从前连一棵树都难以生存的荒地，居然华丽转身成绿岭并且冠名成立公司，名声响彻大江南北，时至今日发展成为每年可创造出近三亿价值的著名企业。

然而，他们的故事颇为复杂，由“荒岗”蜕变为“绿岭”的历程也颇曲折。

一到狐子沟高胜福就问李保国：“李教授，你看，我们能在这上面干点儿啥？”

李保国不说话，跳进一条石头沟里，抓起一把土仔细察看，又捡起几块石头问："这里应该都是这种鹅卵石吧？"

高胜福和身边的几个人，连声附和说："是啊，基本上都是这种大大小小的圆蛋蛋石头。"

李保国皱着眉头叹口气："唉——种啥都不好办啊……"

高胜福心里一紧："那咋办？"

旁边人也焦急地说："李老师，我们请你来，就是让你给我们想办法的啊！"

是啊，年初时，高胜福响应县委、县政府"开发四荒"，机关、企事业单位和个人都可以参与承包荒山的号召，便不假思索地就报了名。他从小就知道荒无人烟、寸草不生的狐子沟并经常在这里玩耍，并幻想自己长大后，有机会一定要把这里变成一片绿色。当时，他拿出全部的积蓄并求亲借友凑够5万元，算是大头，同时又发动属下37名干部职工，总共集资了88万元，将这座荒山承包下来了。当然，那时的高胜福他们想的比较简单：把荒山绿化起来，栽点儿果树，种点儿经济作物，搞点儿养殖什么的，肯定也能挣钱。但具体怎么干，种什么，养什么，大家七嘴八舌，莫衷一是。正在这时，县科技局长王庆志，还有赵庄乡南沟村的支书安小群，都向高胜福介绍和推荐李保国。都说听听专家李保国的意见，人家在邢台县的前南峪村开展小流域治理，防水土流失治理，搞"经济沟"建设，在内丘的岗底村和咱县的南沟种苹果，都弄得不错，叫他来指导指导吧，人家可是专家、教授……

高胜福与李保国在山场上

于是，高胜福请来了李保国教授。

没见李保国之前，高胜福想象中的李保国很神圣，肯定斯文，优雅，衣冠楚楚，谈吐不俗。但是，见了李保国，高胜福有点失望，觉得他太普通了，不像个大学教授，方脸大嘴，矮矮的，黑黑的，头发稀疏，胡子拉碴，穿一件灰色大袄和一双破旧的解放鞋，话也不多，在狐子沟这看看那瞅瞅，一直不表态。

高胜福曾回忆说："第一次见李保国，印象并没想象中那么好，长的像农民、穿得更像农民，整个一副农民形象，跟我心目中的教授不一样，我甚至有些失望和怀疑。他一点儿也不像个做学问的，人倒是很随和，但水平怎样，能不能指导我们，大家都没底，这也是后来出了个小岔子，有些人怀疑他，不太相信他的原因之一。"

高胜福还感慨地说："承包荒山之后，可以说是困难重重，光第一眼水井就打了半年多，而在贫瘠的土地上种什么让我们真是犯了愁，根本不知道怎么办。"

"怎么办？"李保国看看高胜福，"你别着急，让我把这里的土质情况搞清楚了再说。"

有人沉不住气问："能不能种苹果？您在岗底、南沟，种苹果不是挺行的吗？"

李保国指着沟崖边的一个断面说："这个岗无土无水，在地质学上叫洪水冲积多砾石岗地，地表无森林涵养，下场雨，存不住水，就都顺着大沟小沟流走了。在这种条件下别说种苹果，种什么树，造什么林都不行，统统活不了……"

高胜福他们心里一紧，这不是包了一大片废地吗？那大伙好不容易集资来的承包费，岂不是白扔了？

李保国在三千亩的荒岗上转了一遍，最后看着高胜福说："种核桃吧。"

"种核桃？"高胜福他们异口同声地惊叫一声，有点儿质问的口气。

“对，种核桃。”李保国坚定地说，“这种土壤，只适合种核桃。”

大家情绪黯然，因为在太行山区的临城县，核桃树不是什么稀罕东西，一般需要8年时间才能挂果，就是到了盛果期，亩产上百斤就算不错了，而且皮厚，不好剥，出仁率也不高。也不值钱，都卖不出去，没有人专门种这个。

李保国感觉到了大家的忧虑，解释说：“在内丘岗底和你们县的南沟，我让他们种苹果，是因为他们那里，是裸露的岩石经过风化作用变成土母质，好多也就是我们通俗说的片麻岩，它是不漏水的，但现在你们这个地方，却是漏水的，下边鹅卵石中间有空隙，浇了水之后很快就漏到深层去了……你们明白了吗？”

高胜福他们听得多少有点儿明白。

高胜福说：“明白了点儿，刚才你就说了，还是那个意思，我们这里，没有土，也存不住水，这是关键，对吧。”

李保国连连点头：“对，我国地质地貌结构复杂，像花岗岩、片麻岩等这些结构是不存在漏水问题的。而你们临城的这个山地地表下布满了鹅卵石，就像一个巨型漏斗。加上这里的坡地本来水土流失就严重，仅有的一点儿雨水到了地下也很难存住。水是生命之源，对树也一样。这里缺水对树的生长是最大的威胁，所以我们得因地制宜……”

又说：“现在我们绝大多数地方种的核桃树，品质差、品种杂，不能适应核桃品种化种植推广。好品种和差品种，花了同样的钱、费了同样的劲、消耗了同样的物料，产的核桃数量不一样、品质不一样、收益就更不一样……”

“除了种核桃，种别的难道不行吗？”

李保国指着沟边的断层说：“你看，这些鹅卵石、石头蛋子，都是一次次大洪水从山上滚下来的，这些石头来到这个地方沉积出一点泥渣，可发一次水沉积一次，发一次水沉积一次，这样就把细土冲走了，剩下的就是鹅卵石那一类的东西，然后才混进来了一点点泥土。另外，在不计其数的鹅卵石中间，还夹杂着另外一种石头，叫浆石，众多的浆石在同一水平面上形成了浆石层。浆石所具有的强碱性，对植物的生长来说就像是毒药一样。鹅卵石和浆石的形成，让这片的土壤变得越来越薄。你们看，这里到70厘米、80厘米甚至有的60厘米的地方，有一层白浆石层，植物根系一旦扎到这个白浆的石层上，马上就被烧死了，整棵树都会全部死亡，根本不能存活，就别提生长了……"

这时，高胜福他们才真正目睹了李保国作为专家、教授和学者其知识渊博的风采。

大家尽管听得一知半解，但基本上明白这里为什么多年荒芜和贫瘠了。

"你们说说。"李保国继续说，"像你们这儿，在3000亩的地表上，在只有10厘米左右的土层上长树，缺土又缺水，还伴随着烧根儿的浆石，怎么能活了呢?"

这一席话，把高胜福说得心里像这冬天荒山上的冷飕飕的西北风一样冰凉，承包时的火热激情荡然无存。

按高胜福的原话说，他当时的心真是瓦凉瓦凉的。

"只能种核桃吗？"高胜福像吃了黄连，顾不上心中的苦楚，小声问道。

李保国坚定地说："核桃的适应性较强，耐碱，耐旱，对环境条件要求不严。一般海拔500米~1500米，年平均气温9℃~16℃，这里的环境和条件，只能是种植核桃树了。"

高胜福犹豫道："可是，我们这里的核桃……"

李保国挥着手说："我知道你说你们这里有的是核桃树，核桃不值钱，但是我教你们种的这种核桃跟你们这里的不一样。如果你们同意我的意见，得听我的。不然，我就走了。"

这时，大家才发现，李保国还是有脾气的。

别的办法现在也没有，就把死马当成活马医吧。

高胜福说："李教授，你说说看，那怎么个弄法呢？"

李保国说："先按我的要求，整治土地，然后，再按我的要求，购进优良的核桃树苗。"

"怎么整理土地？"高胜福追问。

李保国指着身边的山坡说："你们用钩机，在这山坡上开出一条沟，把里面的鹅卵石和浆石层都取出来，再把坡面上的土集中起来回填到沟里，也就是把最上面的土层扒到沟里来，土不够，还要从外地运来好土，直到把沟填平。原来的坡面不用动，然后间隔五米，再挖一条沟，仍然这样做。这样一来，雨水就不会顺着山坡流走了，都会集中到了这个沟里来。这样做，目的是人为给树木创造出一个能够生存的小环境。然后呢，我们就在这上面栽核桃树苗。"

这就是李保国在临城县狐子沟为高胜福开辟的"隔坡沟状梯田"。

真是柳暗花明又一村。

"但是，这荒岗上，缺土又少水啊。"李保国接着说，"从有土的地方，把土弄过来，集中过来，坡面上不是缺水嘛，那就把水存起来，水不就多了吗。这就像咱们家里穷，钱不多一样，你挣钱少，他挣钱少，但把大伙的钱都聚起来，供一个孩子上大学，不就能供养起来了吗……"

高胜福和众人听得心花怒放。

"好，我们按你说的办！"

于是，李保国率领高胜福他们，在狐子沟上实测了20多个土壤剖面。之后，高胜福发动第二次集资，共筹措到三百多万元，租来钩机，雇来周边村民，开始了轰轰烈烈的治山工程，亘古沉睡的荒山野岭从此被满怀"绿色"憧憬的开拓者唤醒了。

高胜福接受李保国的建议，把狐子沟叫作"绿岭"，将他的团队命名为"绿岭公司"。

志向与信念，先从更名开始。

是誓言，也是决心。

筹备好诸多事宜之后，来年一开春，狐子沟上机器轰鸣，群情振奋。按照李保国的规划和设计，他们开山辟路，打井挖塘，挑沟换土，昼夜苦干，挖掘运输土石方500万立方米。如果把这些土石方堆成宽1米、高1米的大坝，长度可达2000多公里，相当于从北京到乌鲁木齐的距离。接着，他们又将挖土留下的大坑建成可容纳20万立方米水的人工水库，用挖出的砂石修建4个拦水大坝，截留雨水和引来上游水，经过耗时耗力的浩大治山工程后，终于整理出了200多亩的“隔坡沟状梯田”。

回忆到这里时，高胜福动情地说：“当时非常艰苦啊，我跟大伙儿还有雇来的村民一样，黑夜白天不停地挖运石头，开沟换土，起五更搭黄昏，回家倒头就睡，要说累吧，也不知道累，可能是把累都忘了，光想着早点把好地整出来，立马种上核桃树……”

但是，万万也没有想到的是，千辛万苦，既费劲又花钱整出的地，栽上小核桃树苗后，不久就死了一多半……

别说“领头人”高胜福和承包合伙人这些“股东”们接受不了，几乎是感到遭了灭顶之灾，连参加整理土地的村民们都目瞪口呆，心疼自己的力气白费，担忧绿岭公司花那么多钱打了水漂儿。

当时，他们栽下的第一批核桃树苗，是从山东购买来的，共计1万株，每株12元。刚买来的时候，看上去都一样，都不错，但栽种下去长了一段时间之后，就渐渐打蔫干枯了。他们天天到地里观察，希望能好转，但不久就死亡了，数一数，居然有6000多株。剩下3000多株没死的，还发现繁杂不一，良莠不齐，品种高达30多个，其中有20多种，连李保国也叫不出名儿来。

人力、物力上的高成本并没有换来什么收益，谁的心不寒啊！

李保国劝大家不要着急，通过认真调查、仔细研究后终于发现，除了山东育苗基地提供的核桃苗品种有问题之外，另一个重要原因，是栽培技术有问题。

这时，大家对李保国的信任已丢掉大半。

因为李保国说过，只要有土有水，核桃就能生长，可现在，土有了，水也不缺，怎么就不行呢?

李保国让我们整理土地，弄什么“隔坡沟状梯田”，说得怪好听，还怪有学问，当时一个日工8元钱，雇了百十号人，租来两部钩机干了整整一个春天，一亩地下来平均得花五千多，这又花了多少钱?这可是大伙凑起来的血汗钱，岂不是白扔了?

栽核桃苗时，都浇足了水啊，可如今死了大半，不又白扔了七八十万吗?

有人埋怨高胜福相信李保国，还有人不干了，提出要退股。

为了让大家相信是栽培方面的原因导致了秧苗死亡，李保国在现场做了一个实验，这个实验名曰：“三埋两踩一提苗。”

李保国说：“你们发现没有，死的树苗，全是缺水的，对不对？”

“的确是这样。”众人答道。

“但栽时都浇足了水，而且，治理后的坡地本身可以聚集雨水，这是为什么？”有人问道。

李保国让高胜福他们按自己的栽树方法，种下一棵树苗，浇上水，接着，李保国在旁边，自己则又种下一棵，然后过了一会儿，他把两棵树苗拔起来，对比着让大家查看树苗的根系。

大家一看，奇怪的事情发生了：高胜福他们栽的树苗，根系的须上，都是干的，没有一点儿水分；而李保国栽的那一棵，根须上都是湿漉漉的泥巴。

众人倒抽了一口冷气，“咦，咋出现这等怪事呢？！”

李保国举着两棵核桃树苗说：“看见没有，你们不能按传统的栽培方法，把周围都踩得太实了，那样水不往根部走了，都走到了疏松的地方，必须先往树坑里灌满水，再把苗放进去填土，这样水渗进土里，就会形成一块泥巴，会持续滋养树的根须……”

两种栽培方法，两种截然不同的效果。栽苗时踩得越实，流到根儿上的水就越少，苗也死得越快。相反，对比试验里，先浇水再填土的方式，反而更好地把水涵养在了苗的根系周围。

高胜福和大伙儿恍然大悟，谜团彻底解开了。

"这事都怪我，怪我没有及时过来指导你们。"李保国愧疚地说，"从现在开始，我住下来，具体指导你们，让你们掌握科学，把你们都变成专家，像我一样。还有，山东那方面，我得亲自去给你们选树苗，就种薄皮核桃。"

李保国对高胜福说："下一步，我们要尝试培育我们自己的薄皮品种，对原有的进行改良，在这里建设属于我们自己专有的优质薄皮核桃培育基地。再有，这个教训让我发现，生产实践需要什么，科技工作者就应该因地制宜钻研什么。我得在这里培训你们，还得把我的学生叫来，咱们从现在起，就得搞我们公司自己的科技团队。如果老高你同意，你在这狐子岭上给我弄个办公室，我就在这里住下来，回头，我把我的学生也带过来。老高，你说怎么样，愿意不？"

高胜福高兴地握住了李保国的手："太好了，李教授，我们欢迎，欢迎啊……"

就这样，李保国搬着铺盖卷住进了狐子沟东侧荒岗上临时搭建的一间不足15平方米的简易房里。

从此，李保国和高胜福，开始了漫漫17年的亲如兄弟的友谊，都是为了一个梦想，都是为了实现自己人生的价值，都是为了改变荒山的颜色，都是为了摆脱往昔的穷困。更让他们没有想到的是，他们不但把绿岭公司推向辉煌，带动了临城县薄皮核桃产业的快速聚集和急速发展，更使"七山一水二分田"的临城县数万山区农民迅速脱贫致富。

李保国把核桃树当成了自己的孩子，一头扎在核桃林里，仔细观察每一棵核桃树的生长情况。为了掌握核桃开花授粉的第一手资料，从3月下旬开始，他每天背一个水壶，从上午10点一直盯到下午4点，中午就在现场啃两个馒头。

高胜福和员工们不忍心，想替他，让他回去吃个热乎饭，他却说："果树的花期一年只有一次，如果错过了，至少要耽误一年时间，关键时期我必须盯好。"就这样，李保国天天盯在核桃林里，一盯就是一个多月。

在河北绿岭果业有限公司实验室，李保国正在和青年科技人员一起攻关

高胜福感动地说："我清楚地记得，那是在2003年夏天，李老师正在进行人工干预实验，天上突降大雨，他赶快用伞给核桃新苗遮住雨，而却把自己晾在了大雨中。还有一次，他爱人郭老师因病需要住院做手术。李老师得知消息后非常着急，但实验正处在关键阶段，他跟谁也没说，只打了个电话问了下病情，毅然坚守在田间地头。"

在李保国的精心管理和"呵护"下，这年秋天里，高胜福他们在狐子沟里的薄皮核桃收获了500多斤。当时，普通核桃市场价格只能卖到每斤3~4元，而这里收获的第一批绿岭薄皮核桃，居然卖出了每斤30元的高价。

这是绿岭公司在狐子沟里收获的"第一桶金"，多么来之不易而又让人欣喜若狂信心倍增啊！

高胜福哭了，流下的眼泪是喜悦，是激动，是成功，也是幸福。

从这年开始，在李保国的科学规划和技术指导下，高胜福率领绿岭公司开始在占地3000亩的基础上进行滚动式扩张，以每年扩展2000亩的速度和规模，向狐子沟周边乡镇和村庄延伸，最终以15000亩的规模将鸭鸽营乡、东镇镇、黑城乡、临城镇等四个乡镇的侯家韩、钱家韩、丰盈、泥河等十几村庄的荒岗薄地以租赁的形式纳入公司旗下，建成了全国最大的薄皮核桃生产基地。

在核桃种植基地，绿岭公司把15000亩土地分为7个基地进行规模化种植，实行集中连片开发，统一种植、统一管理。每个基地以50亩~100亩为一个单元划分园区，设立100多个生态种养小区，承包给农户。农户负责本单元核桃树管理，公司付给农民劳务费。承包农户依托“树、草、牧、沼”四位一体的种养模式，林间种草、草中养鸡、鸡粪入沼气池、沼渣还田。绿岭公司通过低价供应苗木，提供无偿技术服务和以市场保护价收购农户核桃等方式，按统一标准解决农民的种植技术、管理、销售等问题。并培育重点村、户典型，形成村帮村、户帮户、企业带农户的生产模式，不仅解决了农户果树管理和销路问题，还提高了农民种植积极性。

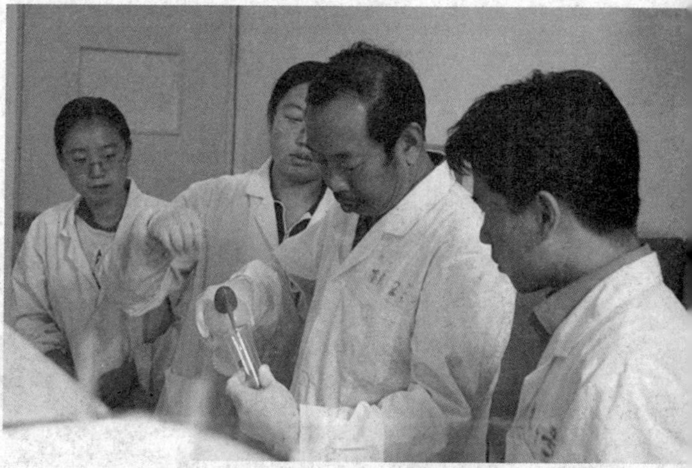
李保国和绿岭技术人员一起做实验

狐子沟的绿岭薄皮核桃基地，成了李保国的家，他带着他的科研团队和学生，和绿岭员工还有种植农户吃住在一起，有时还要深入山村对果农进行手把手的具体指导。

绿岭公司核桃仁分拣车间

从2004年起，临城县委、县政府以绿岭为龙头，在全县号召和推广种植薄皮核桃的时

李保国在绿岭嫁接苗圃基地指导农民技术员

李保国指导农户修剪核桃树

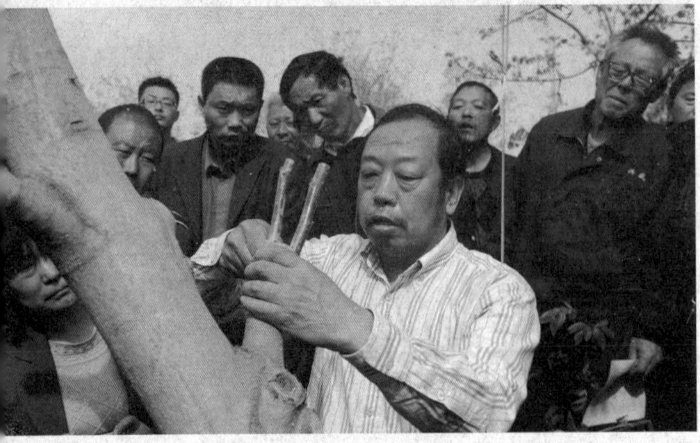

李保国讲解核桃高接换优技术要领

候，李保国更是早出晚归，昼夜奔波。他踏遍了狐子沟和临城县的岗坡和沟坎，对这里的每一寸土地、每一棵树木都十分熟悉。

到了2008年，绿岭公司又联合七八十家农户成立了惠农合作社，绿岭公司提供技术，农户以核桃园入股，统一经营2000亩核桃基地，从生产到研发再到市场推广，采用统一生产经营模式。在绿岭公司的带动和催生下，一大批薄皮核桃专业合作社成立。土地流转后的农民，变身为合作社产业工人。公司向合作社、农户供应优质核桃苗，并免费提供一整套的生产管理技术服务，解决农民的后顾之忧。

东镇镇南孟村雁岭核桃专业合作社理事长刘爱国说："我们全村410户有366户入社，流转土地1570亩。农户入社的土地将有三项收益，每年保底金1000元、社员投工报酬及经营盈利分红。"

为实现合作社产品增值，绿岭公司将“绿岭”牌商标无偿转让给合作社使用，合作社与龙头企业共创、共建、联合打造“绿岭”品牌。

西羊泉村村民赵换祥感叹道：“十年前，俺8亩地一年收入也就三四千元，妻子身体不好，两个孩子又在上学，日子过得紧紧巴巴。进入绿岭承包果林后，日子就像做梦一样全变了。自从我承包了绿岭公司的一个50亩核桃生态种植养殖小区后，家庭经济状况得到明显改善，每年除了公司给的经营管理费，林下种植养殖也能有收入，去年收入了17万元。如今，家里盖了新房，买了轿车，存款也越来越多。”

在临城乃至整个绿岭产业辐射区，像赵换祥这样受惠于绿岭回馈社会行动的农民比比皆是。绿岭公司依托农民专业合作社，直接带动40万人受益，农民在打工挣钱的同时，学到了核桃树种植、管理等技术，获得了经验，积累了财富。

李保国给绿岭公司员工示范修剪核桃树

该县8个乡镇的138个行政村、1万户，其中贫困村85个、6000贫困户都在种植薄皮核桃，薄皮核桃已成为临城县贫困群众脱贫致富的主导产业之一。

在绿岭公司带动下，临城县省市级产业化龙头企业发展到10家，专业合作社75家，500亩以上片区49个，吸纳全县30%的劳动力，带动农户1.2万户，户年均增收约2600元。

2010年，大获成功的绿岭投资3.2亿元建设了核桃深加工企业——绿岭庄园。

“核桃全身都是宝，核桃壳可以做活性炭，核桃仁可以做核桃露、提炼完核桃油还能做核桃粉。”在公司展厅里，高胜福指着展架上的各种核桃产品说，“目前，公司研发的核桃深加工产品有核桃乳、核桃油等6大类30多个产品。”

绿岭加工厂流水线

绿岭庄园占地200亩，建筑面积10万多平方米，包括初加工车间，核桃的分级分拣，奶油、五香、蜂蜜等多味核桃的烤制，头道核桃油的压榨，网销原味、多味核桃的包装，全部在这里进行。还有深加工车间，核桃乳、核桃蛋白片等精深加工产品也都在这里完成，全部产能26亿元。

绿岭庄园建成于2010年，并实现了当年建设，当年投产。它的建成，无论是投资额度，还是建设规模，在临城食品加工领域都是先例。也使绿岭公司另一只脚从农业生产领域跨入工业领域，核桃产业链延长了，加工、销售的利润也留在了临城，其中一大部分收益，分给了县城周边村庄的农家子女，他们在这里完成了从农民到工人的身份转变，也使自己的命运、家庭的命运随之改变。

李志杰，今年26岁，西竖乡南三岐村人，高中毕业后参军，复员后回到家乡，家里的几亩地，靠他父母打理足够，而他成为家里的富余劳力，他应聘到绿岭公司，充实到了苗木部技术推广团队，实现了在城镇就业的愿望，在县城买房、让孩子在县城上学，成了他下一个追求的目标。

在临城县工业园区人民大街，绿岭庄园在各个企业组成的队列里卓然突出，有点儿“鹤立鸡群”的感觉。每当上午上班和下午下班时刻，一辆辆小汽车鱼贯出入，一队队摩托车、电动自行车像列阵的大雁，在人民大街划出一道流动的“绿岭”。

绿岭庄园诞生于2010年，孕育的过程则在2009年。那是一个什么特殊时期？华尔街爆发的次贷危机，像多米诺骨牌迅速传向世界各地，殃及中国经济。萧萧寒风中，众多企业看不清发展前景，投资热情骤减。绿岭的决策者为什么在这时决定上马“绿岭庄园”？高胜福讲到，这个动议在董事会提出，并没有得到一致赞成。有的股东就认为，金融危机让财富缩水，消费者捂紧钱包，市场一片萧条，这种情况下，我们投入巨额资金建设深加工工厂，如果产品销售不畅，资金被占压，企业倒闭，工人失业，股东资金收不回来，咋办？

高胜福也讲了他自己的决策形成过程，在此之前，他和李保国多次沟通，他说，绿岭现在卖核桃、卖树苗、卖柴鸡蛋，每年收入5000万元，眼下的日子也过得去。但是长此以往，难保不会被别人赶超，甚至会在激烈竞争中败下阵来。

李保国看到高胜福正在从懵懵懂懂闯市场的状态，转变为一个成熟企业家，十分欣慰。他非常赞成高胜福的分析，并进一步指出，核桃种植面积迅速扩张，核桃量大价跌有可能出现，农民种核桃效益下降，轻者粗放管理，重则砍树，经济损失大了。再说，绿岭已经跑到众多同行前面，应当占据先发优势，在核桃种植、管理上，我们已经是技术标准的制定者，在核桃的深加工方面，我们还是要先行一步，占据核桃食品开发的制高点，确保企业永续健康发展。李保国还提出许多建设性意见、建议。他说，我们要把“河北省核桃工程技术研究中心”争取到企业来，为食品开发科研机构提供研究平台，研究成果首先在绿岭庄园变成现实生产力。

对于李保国的意见，高胜福非常赞成，很多地方颇有同感。但他不愿意让董事会同事“理解的执行，不理解的也要执行”，那样，会挫伤同事们积极性，抑制他们的创新冲动，应设法把决策者的意志变成大家的统一意志。于是，他和同事们回忆一次次和李保国意见相左，一次次被李保国的知识和眼光所折服的过程。最终，大家认为，李保国不仅仅是核桃技术专家，也是眼观市场风云变幻的智者，站位高，有前瞻性。投资决策顺利通过，也创出了当年建设、当年投产的临城最快速度。

经济危机像头顶的一块乌云，不可能永远遮住太阳的光芒。时间不久，中国经济走出“阴霾”，消费稳中有涨。绿岭公司销售形势一年好过一年，年销售收入从2008年时的50万元飙升到2014年的2亿元。完成了从种核桃、卖核桃的小型农企到一产、二产融合发展的“中国核桃产业十佳企业”的快速跨越。

2015年5月，绿岭投资建设的市外桃源生态旅游园区开园。整个园区占地1.5万余亩，以“薄皮核桃、生态观光”为主题，设有绿色农业开发区、采摘区、无公害畜禽饲养区、休闲垂钓区、观光旅游区、游客膳食区等6个主要旅游区域，包括农家风情、农耕体验、休闲垂钓、农业观光、自行车绿道骑行等旅游项目。推动绿岭实现了一、二、三产协同发展，综合效益得到了有效提升。

目前，绿岭公司的固定用工已达到600多人，每年季节性用工更是多达10万余人（次），当地农民因此年增收1000多万元。公司的带动作用已经不仅仅局限于当地，还辐射到北京、天津、新疆、四川、湖北等12个省、市、自治区。

如今，临城县全县薄皮核桃种植已达22万亩，涌现了多家核桃种植规模企业，全县1.2万户农民依靠种植薄皮核桃脱贫致富。现在，他们正在大力推进电商扶贫，发展电子商务网络和平台，将该县核桃及深加工产品推向全国市场，带动更多农民参与其中。

小小的薄皮核桃，膨胀成巨大经济球体，凝聚成壮硕的产业链条，正夜以继日在中国大地的贫困地区滚进和蔓延。

假如，17年前没有高胜福在狐子沟里承包那片荒地，不是因这片荒地与李保国相邀、相逢、相识，就没有“绿岭”今天这一切。

有时候，辉煌能够成为让人铭记的历史，而那历史往往就是在不经意间创造的。

在这里，李保国创造了荒山综合治理模式，把荒芜丢进了历史，在这个荒山岗上从一开始不知道种点儿什么，到如今变成了“摇钱树”“花果山”。

河北农业大学党委常委李彤（左一）与李保国探讨薄皮核桃管理技术

在这里，李保国培养和建立了一支永远不走的拥有100多人的科技团队。

在这里，李保国为绿岭公司探索出了机械化高规格整地、优质壮苗高成活率栽植、涂聚乙烯醇越冬防冻、地面覆盖防草保水、小管出流节水灌溉、单层高位开心型整形、大枝轮替更新修剪、生物调控防病虫害等“省力化”栽培技术。

在这里，李保国建立了“河北农大产、学、研人才基地”。

在这里，李保国用了10年时间，研究创造出“一年栽树、二年结果、五年丰产”，盛果期核桃亩产量在230公斤以上，亩产效益超过8000元，使昔日的荒岗变成了“聚宝盆”，变成了真正的“绿岭”的奇迹。

在这里，李保国从美国加利福尼亚大学引进6个核桃优良品种和11个山核桃品种，从国内其他5个省区引进13个优良核桃品种，进行了一次又一次的嫁接组培实验。经过他五年的不懈努力，成功选育出适应性强，抗病害能力好，果形、口感、果皮厚薄都适宜的中国最好的核桃品种——“绿岭核桃”。

在这里，李保国创造了核桃的矮化密植技术、实现了壮枝挂果、管理方便、连年稳产。

在这里，李保国创造了“树、草、牧、沼”四位一体的生态管理模式，实现了核桃品质的绿色有机。

在这里，李保国扶持创建了全国唯一的一家集优质薄皮核桃品种繁育、种植、研发、深加工和销售以及生态旅游为一体的全产业链现代化大型企业，也是唯一的一家以核桃产业为基础，一、二、三产业融合发展的企业。

在这里，李保国所推行的“绿岭薄皮核桃矮化密植栽培技术”被中国工程院院士、北京林业大学校长尹伟伦教授认定为国内首创。

在这里，李保国建成了全省唯一一家设立在企业的农业类工程技术中心——“河北省核桃工程技术研究中心”。

在这里，李保国推动了国家林业局2011年在邢台举办了首届“中国核桃节”，把他开创的“标准化管理，规模化发展”的核桃管理模式推向了全国。

在这里，李保国所打造的绿岭核桃通过了欧盟认证，绿岭产品拿到了行销全球的“金钥匙”。

在这里，李保国引导高胜福从零起步，如今外卖优质核桃树苗收入4500万左右，销售核桃收入9000万左右，核桃深加工收入1.5个亿左右，总收入近3亿元。邢台、沙河、临城、内丘等四个县形成“百里核桃产业带”。

在这里，有狐子沟作证，有茂密旺盛的核桃林作证，李保国用了17年的光景，绽放出了他人生履历中最精彩、最绚烂的人生篇章，他用自己的生命，染绿了狐子沟的荒山野岭。

依然是一个临近中午的时刻，只不过这是一个明媚的春天，我们和高胜福行走在狐子沟里。

外地客商考察绿岭果业公司生产的核桃系列产品

现在，这里已经是一个湖光山色、鸟语花香的风景区了。大沟两侧郁郁葱葱，树木成荫，沟里水光潋滟，野鸭锦鲤在水中嬉戏，亭台榭坊点缀其中，犹如江南园林。远远近近一望无际的核桃林，层层叠叠，在阳光的照耀下，翠绿油亮，散发着沁人心脾的清香。树下，柴鸡、白鹅悠闲地觅食，树梢间，鸟儿飞翔鸣叫。清一色的水泥路白丝带一般在林中和山坡上盘旋，我们来至高处鸟瞰整个狐子沟，像一幅构思精巧的巨型画作或者说仿佛是一盘巧夺天工的艺术盆景。天空湛蓝，白云悠悠，远山如黛，好一派怡人的田园风光……

来到绿岭公司最初创业时的办公楼前，见这里正在繁忙地施工。

高胜福笑笑说：“咱们别去了，正在改造、装修，将来是个接待游客的宾馆。在未来的3年内，我们将把这里建成国家4A级生态旅游景点，把绿岭‘市外桃源’打造成集生态观光、休闲度假、餐饮住宿、会议培训为一体的核桃生态养生旅游景区，实现年游客量10万人以上，营业收入6000万元以上。这将是我们绿岭的又一次创业……”

一个小小的核桃，让高胜福他们的绿岭公司不断拓展、延伸，一个波次又一个波次，让我们看到芝麻开花节节高的样子，这不仅仅是富民，还让父老乡亲能够悠闲地享受着城里人都不一定有的美好生活。

我们本来是要来这里看看李保国在这里的办公室的，但很遗憾。

“李教授从前的办公室兼卧室，就在那里。”高胜福指着左边一个窗户，声音黯然地说，“可惜，他走得太早了，三年后的样子，他看不到了，这些规划，也都是他……”

高胜福哽咽了，说不下去了。

不，他看到了，从17年前迈进狐子沟第一步起，他似乎就胸有成竹地预见到了今天狐子沟的样子。

他天生是个创业者，不是个享受者。他把幸福留在人间，把美好留给大家，就心满意足了。

在每年的春天里，他都会闻到狐子沟漫山遍野的核桃花香。

是的，他甘愿闻着这春天的核桃花香悄然而去，却留下秋天沉甸甸的核桃果实，让我们品尝。

第五章　情定树莓谷

河北至高点农业科技有限公司董事长周岱燕，作为邢台市委举办的李保国先进事迹报告团主要成员，在齐国辉、郭天林、杨双牛、高胜福作完报告之后，轮到他登台时，他却没有直接走向报告席，反而缓步来到报告会的大屏幕背景前，面冲着李保国肖像双膝下跪，合手恭拜，弯腰俯首行了个磕头大礼，而后才开始作报告。

周岱燕这一跪，把在场所有人的心都击碎了，整个会场的人们，瞬时都个个泪眼蒙眬。

周岱燕清晰地记得，就在李保国去世之前八九天，李保国还两次来到他所在的南和县树莓基地，指导育苗技术。就在李保国去世的前一天晚上，李保国还跟他通过电话，商谈在太行大峡谷附近建设红树莓采摘园的事，并跟他约定再过一两天就来公司找他……

谁曾料到，再熟悉不过的老朋友李保国昨天还在，刚才还在，就在这转眼之间，却突然走了。

面对台下的观众，周岱燕悲伤的情绪难以平抑，竟语噎难言，沉默良久，方才张口说话。

“没有李保国，就没有我们红树莓事业的今天！”周岱燕没有按稿子念，开门见山，说出这第一句话，音调颤抖且情绪激动。随后，周岱燕满怀着感激和无尽思念之情追忆了李保国与红树莓的不解之缘……

企业家周岱燕，祖籍本是山东，身材魁梧，办事利索。可由于打小儿生长在皇城根下，如今倒成了地地道道的北京爷们儿，儒雅健谈，京味十足。

十年前，完成原始积累的周岱燕，本可以在京城过着悠闲自得的生活。但一个偶然的机会，他被邢台太行山丰富的旅游资源所吸引，躁动和蓬勃的心催促着他由京城南下，到邢台搞起了旅游投资。

从2005年开始，周岱燕先后在邢台县前南峪和太行大峡谷两处风景区投资建设了两条观光索道，成为当时邢台旅游业发展中的亮点工程，使这两处地方成为最早建设并开通索道的景区。周岱燕也成为在邢台风景区最早投资建设索道的企业家。长期以来，观光索道一直吸引着各地游客观光游览，再加上索道所提供的优质服务，为两个景区乃至邢台旅游事业的快速、健康发展起到了积极促进作用。

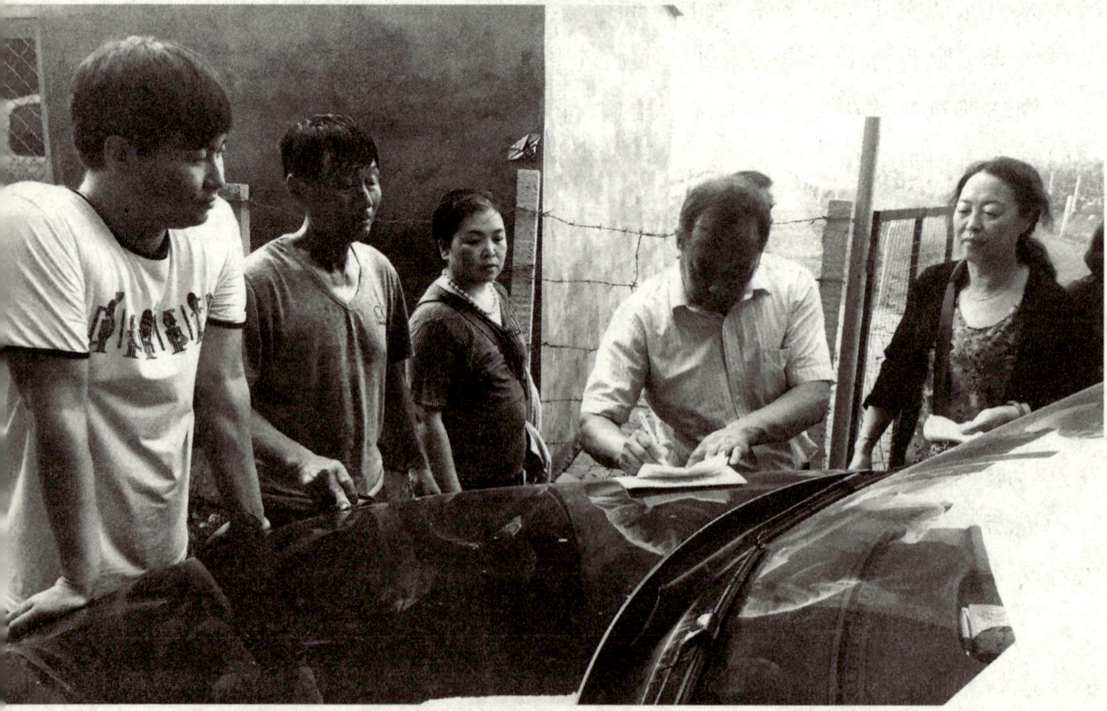

李保国把汽车当桌子在地头给种植户开“药方”

经人指点，本来与农业毫无瓜葛的周岱燕，却于2014年开始，突然转型朝农业项目投资了。

很快，他注册成立了“河北至高点农业科技有限公司”，选择在土质条件非常适合种植树莓的南和县贾宋镇打造“中国树莓谷”产业园，专心做起了红树莓产业。周岱燕仅用一年时间，就种植了上千亩树莓。初夏时节，树莓谷郁郁葱葱，花香弥漫，引来八方游客和采摘者，成为名震一方的招商项目典范，也是近年来南和县依靠科技创新，调整农业产业结构的代表项目。

为了促进农民增收致富，至高点公司因地制宜地引导农民发展树莓特色种植。现在，绍屯、南师等5个村已流转土地2700多亩，全部用于建设树莓产业园，300多农户靠种树莓走上富裕路，小小树莓果圆了很多农民的致富梦。

树莓，果实为聚合浆果，柔嫩多汁，营养丰富，在国际市场上被誉为“黄金水果”“第三代水果之王”。树莓不但营养价值高，还有止渴、祛痰、解毒等功能，可深加工为树莓酒、树莓饮料和口服液等，市场前景十分广阔。

树莓多为红色，其实就是一味著名中药材，叫覆盆子，本是一种野果。主产地最早在浙江，它还有另外一个美好的名字——“牛奶母”（当地方言）。

关于树莓，在浙江当地曾有一个流传至今的美丽的民间传说——

很久以前，有一对家境十分贫寒的恩爱夫妻。他们有两个小孩，大的孩子约三岁，小的还在吃奶。由于生活困难，丈夫外出做长工以补贴家用，母子三人在家艰难度日。

五月的一天，妻子带着两个孩子去山上干活，背上的小孩子哭闹个不停。于是，她把小孩子解下来给他喂奶。由于经常忍饥挨饿，她奶水已断了，幼儿仍然哭闹不止，让她无法正常干活。时值家中食物青黄不接，大人还可以抓点野草充饥，但是对着这还吃不进粗食的小孩，她一时没了主意。

这时，忽然发现山间一片青绿之中，林木下、杂草间稀稀拉拉地点缀着许多小红果。

正所谓慌不择路、饥不择食，她放下孩子，走上前去，也顾不得荆棘刺丛，采了一撮，自己先品尝了一下，感觉口味酸甜可口，小孩子也可以食用，且形状像是母亲的奶头。小孩尝到了红覆盆子立刻停止了哭闹，吃了几个之后还发出了笑声。随后，大孩子也相继食用了覆盆子。此后，他们天天来此采摘野果，度过了一段艰难的岁月。数十年后，孩子成家立业，且有了一定的名声和地位。回家探亲时，白发的母亲拿出红覆盆子。二人在谈笑间把它命名为“牛奶母”，意为帮他们度过危机的第二个母亲。

怀着一颗感恩的心，兄弟二人与部下随从一起带着覆盆子种子，洒遍了浙江淳安、绍兴、宁波、临安、桐庐、建德等地。渐渐地，浙江成了覆盆子的主产地，而且浙江的覆盆子品种比较独特，为实心覆盆子，即掌叶覆盆子。

提及覆盆子，不由想起一篇曾经学过的初中课文——鲁迅先生的《从百草园到三味书屋》。其中，鲁迅先生在关于充满无穷童年乐趣的“百草园”的描绘中，有这么一段：

> ……单是周围的短短的泥墙根一带，就有无限趣味。油蛉在这里低唱，蟋蟀们在这里弹琴。翻开断砖来，有时会遇见蜈蚣，还有斑蝥，倘若用手指按住它的脊梁，便会啪的一声，从后窍喷出一阵烟雾。何首乌藤和木莲藤缠络着，木莲有莲房一般的果实，何首乌有臃肿的根。有人说，何首乌根是有像人形的，吃了便可以成仙，我于是常常拔它起来，牵连不断地拔起来，也曾因此弄坏了泥墙，却从来没有见过有一块根像人样。如果不怕刺，还可以摘到覆盆子，像小珊瑚珠攒成的小球，又酸又甜，色味都比桑椹要好得远……

鲁迅在这里所描述的“覆盆子”，就是红树莓。

红树莓在不少发达国家都受到推崇。在美国，树莓被视为“癌症克星”，被赞誉为“红宝石”。

树莓更是以其对肝脏器官的独特作用，对于防止近视、眼睛保健有良好的效果，而成为美国飞行员每天必备的食品。

1972年2月21日至28日，美国总统尼克松访华期间的一天早晨，他曾单点红树莓、蓝莓配餐。2002年7月，美国总统布什夫妇访华期间的一天，曾点名要200克树莓作为早餐果品，这下可难倒了美国大使，立即开始四处找寻，直到深夜两点钟，终于在中国林科院的引种基地找到了正在培育的树莓鲜果。

中国人喜欢喝茶，而西欧等发达国家则常使用树莓酒达到开胃、保健目的。

自古以来，国内红树莓种植的地方并不是很多。只有近年来，才稍稍推开，以东北三省种植面积最大。

2014年春，河北至高点公司的红树莓项目刚刚启动，公司就流转了2700亩土地，准备大干一场。周岱燕作为一个从未与土地打过交道的城里人，一下子就做这么大的动作，真可谓困难重重。由于树莓产业在我国也是刚刚兴起的新兴产业，从育苗到种植再到收储加工都没有一个规范标准，再加上专业知识不够，种苗市场混乱不堪等诸多原因，在尝试种植过程中有的地块成活率仅有10%左右，公司蒙受重大经济损失。至高点公司刚刚起步就突遭重创，面临夭折的危险。

周岱燕向来是个干一行、爱一行、成一行的企业家，他骨子里始终有一股勇往直前、不服输的倔劲儿。面对如此困难，他没有退缩，而是拓展思路，积极谋划。

恰在此时，一位好友向周岱燕推荐了李保国。

当时，李保国已经在事业上功成名就，单在邢台区域就打造了太行明珠前南峪，培育了享誉全国的富岗苹果和绿岭薄皮核桃，成为享誉太行山区，家喻户晓的大专家。

可令周岱燕没有料到的是，当他向李保国提出请他为红树莓项目提供支持帮助的请求时，李保国却婉言谢绝了。

李保国劈头盖脸地先给周岱燕泼了一盆冷水，劝他不要种红树莓，说这种东西不好种植，弄不好会赔老本。因为红树莓果必须在采摘之后的4至6小时以内冷藏存储，否则会变味、变质，所以对储藏和运输都要求很高。采摘必须靠手工，这就需要大量的人力物力，种植面积小了，收益微薄，甚至还要赔钱，种植面积大了，费工费力，成本较高，整体算下来也不划算。在种植过程中也必须经过精心费力的培育方能获得丰收，其中的费力程度很可能比别的任何植物都要大……

最后，李保国不容置疑地说："最大的一个问题，是在我们传统习惯里，大家不认可这个东西，没有市场。没有市场，你卖给谁？怎么出效益？"

面对李保国的劝诫，周岱燕不服气，说道："省劲的事，都是好事，别人都干了我还干啥？正因为别人不敢干、不愿意干，我才去干。再说了，什么东西都有个认识过程，现代大家不认识，以后不见得不认识。有句俗话，市场不是也需要培育吗？"

周岱燕为破解难题，求才心切，而且决心已定。李保国看在眼里，心知肚明，不禁对眼前这位周岱燕暗生几分敬佩之意。但面对红树莓这一新兴产业，他总感觉心有余而力不足。他可不是袖手旁观之人，面对他人有难，他总是挺身而出，无私帮助，可今天怎么就拒绝了周岱燕呢？

现在分析开来，拒绝周岱燕应该是李保国当时经过认真思考之后才做出的决定。李保国心理上也经过一番斗争和思考。作为一个科技专家，尤其是有着丰富实战经验和探索创新精神的农业科技工作者，无时无刻不想在一个新的领域去挑战一番，在科研项目攻关课题上，往往是提出一个、成熟一个、实践一个之后，马上会转向另一个崭新项目。红树莓这样好的新兴项目，他何尝不想立刻大展身手，展开一次科技攻关？

对李保国来说，这真是一件挑战性极大的工作。他平时科研项目缠身，教学任务繁重，各地科技扶贫讲座、培训接连不断，还要带领自己的团队和农大课题组奔走各地项目一线，每天日程安排和作息时间几乎都不受自己支配。再加上他因积劳成疾，被检查出患有严重的心血管疾病及糖尿病。而且，最近明显感觉身体不适，健康状况堪忧。

李保国还有一个不成文的规矩，无论做什么，只要选择了就必须做好，哪怕费尽再多心血。不做则罢，做就做好，做完美。

市场、技术等这一系列因素，他考虑再三，不得不做出了婉拒周岱燕的决定。

然而，李保国遇上了红树莓，红树莓也遇上了李保国。还是红树莓做了“媒人”，终把他和周岱燕二人的因缘，如天意般牵系在一起。

在一次与李保国的闲谈中，周岱燕让他品尝了专门从老朋友辽宁新大地实业发展集团有限公司董事长王贵虹那里带回的树莓产品，其中有树莓酒和树莓口服液。万万没想到，就是这些树莓酒和树莓口服液，改变了李保国的决定，也为红树莓项目的发展带来了转机。

树莓果实中除了含有常规的糖、酸和VC、VE，以及丰富的矿物质、微量元素外，还含有大量的鞣酸、天然植物SOD（超氧化物歧化酶）、树莓酮、水杨酸，具有养颜美容、抗癌、抗衰老、降压降脂和预防贫血、肠胃病、心脑血管疾病等保健功效，被美、日科学家称为“生命之果”。

李保国在不经意间饮用口服液几天后，忽然发觉自己身体变得轻松了，上楼梯也没有原来那么吃力了。在坚持继续口服半月后，他原来身体感觉的不适症状几乎完全消失，令他兴奋不已，便独自驱车来到南和基地找到周岱燕。

“喝了你给我的这些树莓口服液，我感觉太好了，全身轻松，浑身有劲儿，看来，这树莓真是个好东西啊！”李保国一见周岱燕，就耐不住兴奋对他说。

二人进行了5个多小时的长谈，谈到了树莓产业发展的现状与前景，谈到了推广的困难与机遇。李保国认为红树莓产品在他身上能产生变化，在其他人身上也可同样发生，这是一种对我们人类身体健康有益的珍奇水果。

同时，李保国了解到红树莓从栽培到结果周期很短，当年就可以挂果，两到三年就进入丰产期，而且产量每亩可达2000多斤。每斤果的市场收购价在5元左右，每亩产值可达万元，这是一个多么好的快速脱贫致富的好项目呀！

周岱燕清晰地记得，谈到这里时，李保国激动地从椅子上站起来，当即拍板决定列入他的课题组重点科技项目，给予全力技术支持，为红树莓大干一场。

那天，从不抽烟的李保国，却冲着周岱燕高喊一声："拿烟来！"

这突如其来的转机，令周岱燕喜出望外，激动万分。他为红树莓产业发展受困而一直揪着的心，终于舒缓下来。至高点团队全力配合李保国和他的课题组成员，迅速投入工作。

经李保国研究分析，除以上制约红树莓产业发展因素外，这其中还有新品种地域的不适应性、基础设施条件差等原因，其中最主要的仍是种苗市场的不规范。很多商贩唯利是图，丧失道德底线，拿当年已经结果的死枝条当新种苗出售，坑害购苗商，可恶至极。

李保国与周岱燕查看苗情

每当李保国提及此事，内心总是充满一种伤感和悲愤。他常用那宽厚的大手拍抚着周岱燕的肩头，感慨地说："咱们公司可能还有这个能力承担这样的损失，如果换上普通老百姓遇到这样的损失，那估计就很难承受得住了，被骗挨坑的可能是他们几十年积累的心血和汗水钱啊！”

李保国这句充满温情和担当的话语，令周岱燕得到莫大的宽慰。尤其是他心系百姓，生怕百姓遭受损失的爱心和忧思，始终激励着周岱燕负重前行。

俗话说，春种秋收，春华秋实。可红树莓的最佳种植时间却是在深秋。

2015年9月，红树莓种苗种植开始了。李保国教授按照惯例，每周至少来一趟。他这次一大早赶来，主要是帮助周岱燕带领的村民纠正和指导种植方法。吸取去年种植失败的惨痛教训，扭转被动局面。

村民们在种植观念和方法上有很多误区，总是把红树莓当作普通庄稼一样来种，导致许多种苗没有成活。

李保国看在眼里，疼在心里，着急上火但并没有在村民面前表现出来，而是温和、耐心且幽默地跟大伙讲解：“凡是你们栽大苗的，栽苗高的那个，就随手揪下两片叶，弄不好这棵苗就活了。你舍不得往下揪它就死了。就像咱家里头，本来那日子不好过哩，一家伙八口人吃饭，你就受不了了，都得饿着。你要是就剩下三口人吃饭，就好多了，就能对付过去了。”

村民们听到李保国的讲解，哈哈大笑起来。紧接着又亲眼看着他手持剪刀，“咔咔”剪去每株大苗上的两三片叶子，然后栽到土里。

大家看了李保国栽苗，都高兴地说：“会了，会了！”

“李老师这么边讲边示范，俺一看就会！”

李保国最懂农民的心思，他常用最通俗、生动、幽默的语言来讲解技术难题。每一个村民都能听得懂，都喜欢听，因此都记得准，记得牢。

这天，刚刚接受完指导的村民们，正在地里按照李保国教授的方法栽苗。在村民的概念里，地里的庄稼容不得半根儿杂草。所以他们每种下一棵红树莓，都要把周边的杂草拔得一干二净。

李保国拿着剪刀，在地里来回走着，不断地观察。

李保国为实习生讲解育苗知识

这时，一位女村民看到李保国走近身边，便主动扭过头来向他请教：“李老师，您看俺栽得这个行不？”

其实，李保国老远就看出毛病来，他微笑着蹲下身子，用手拾起刚刚被拔掉的两棵杂草，抖搂着说：“太阳一晒的时候啊，这地方很热，它有草在这儿挡着，太阳晒不到它，你把草除得干干净净的，稍微一出太阳，一个暴晒，把这些苗全晒坏了。”李保国边说，边把那两棵杂草朝新栽下的红树莓苗旁围拢着，比画着。

在李保国教授的指导下，2015年，至高点农业基地的红树莓种植任务全面拉开帷幕。

李保国高度重视种植环节，在这里多待了两天，每天下地巡察，当面指导，回到办公室又开会研究遇到的问题，谋划解决方案，调度各项工作进展情况，布置新的科研任务。李保国告诫身边课题组成员和弟子，给村民传授技术，不能说完就走人，要死盯，盯死，直到他们彻底学会。

从结缘红树莓那天起，直到他去世，在这两年多的时间里，不管多忙多累，李保国几乎每周都要独自驱车200多公里，从行踪不定的各地来到南和县，来到他魂牵梦萦的红树莓基地，用自己的知识技术为企业的发展提供支持。

“一定要拿出一个规范的种苗标准，明确什么样的才可以叫种苗。打造龙头基地，下大力气规范树莓种苗市场。”李保国认为，这是当前重中之重的事。

课题组成员在李保国的带领下，制定出了根蘖苗种苗标准，现已报送相关部门，树莓组培苗标准、树莓种苗种植技术规范等也已成文准备报送。

红树莓作为农业新兴产业，其发展必须搭建一个高标准的技术平台，作为强有力的科技支撑。李保国利用自己的智慧、能力和科技资源，给树莓产业搭建起了一个蓄势待发的强大技术平台。

当初，他决定做红树莓这一“大健康产业”时，为加强专业技术研究，给当年即将入学的两位研究生刘海鹏、杜严严同学打电话，要求他俩第二天就带着行李卷到南和基地报到，由其他课题转到红树莓项目研究上来，并当场布置科研任务。

李保国一再强调，让红树莓产业健康发展，必须从基础科研开始，必须培养高素质的专业人才，之后又从其他课题调来了张玲及郭芳二人，专门从事红树莓的组培工作，从培养基到光谱进行了细致的研究和探索。2015年又专门招收了王迎同学从事红树莓种植研究。

两年来，在李保国已带的硕士研究生中，已有5人进入到该企业搞基础研究工作，并取得大量研究成果。继代培养基与生根培养基的配方已基本定型，组培苗生长照射光谱已确立，而且选定了海尔特兹作为河北发展红树莓的首选品种。在新品种的选育上，他又动员了他的另一个得意弟子，现在国家林科院育苗中心的博士李迎超来到基地，专攻红树莓的组培及红树莓新品种的培育。

李保国为了搭建树莓技术平台，动员了他的所有力量，联络了一大批科研人才。

河北农大林学院的王进茂老师，为组培室的建设多次出谋划策并帮助前期母苗的培育。河北农大食品科技学院的田益玲老师，帮助研究红树莓保健成分的检测与提取，并对深加工关键环节提出宝贵科研数据，现已完成工艺设计的深加工品有：树莓口服液、树莓酵素、树莓果酒、树莓配制酒、树莓饮料等，这些产品今年将陆续上市。

2016年4月6日，周岱燕在红树莓种苗组培中遇到一个难题，便拨通李保国的手机，向他请教。李保国耐心解答并给出了对策。周岱燕随后兴奋地向李保国汇报："李老师，在您的率领下，咱们的红树莓饮料马上就要投产了。"

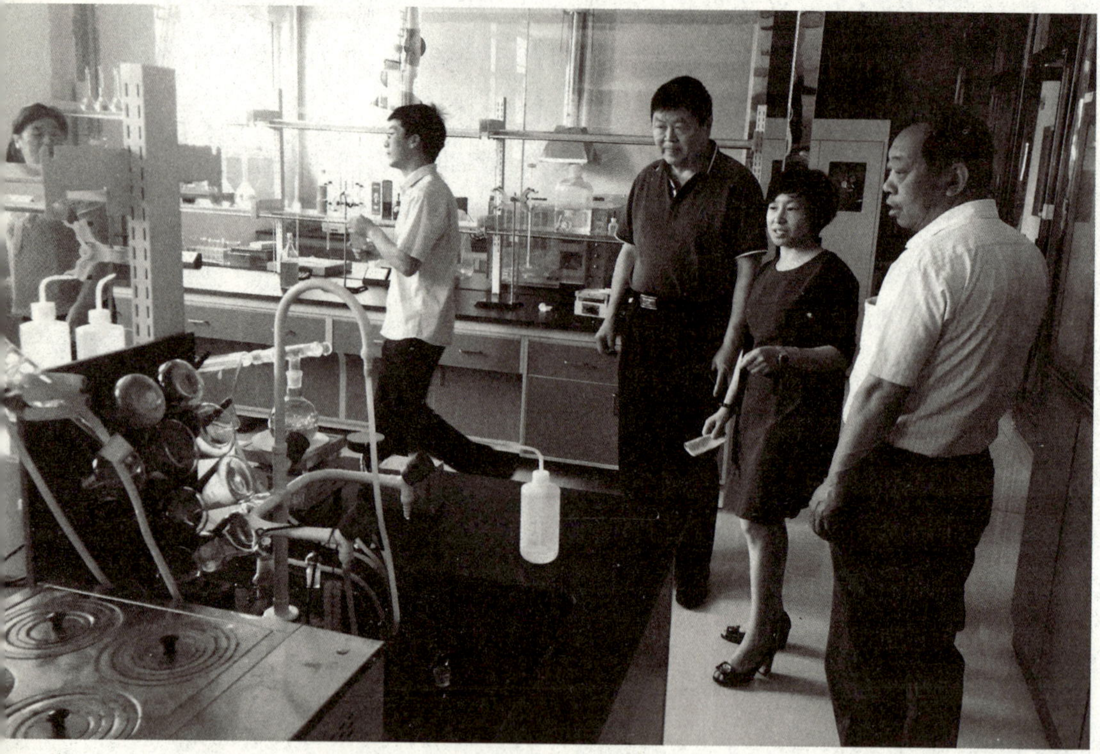

李保国与周岱燕（右三）在至高点公司检查工作

"好啊！那以后我就不喝别人的产品了，专喝咱们自己的产品！"李保国与周岱燕同样兴奋。

然而，李保国的这一点小小愿望却不可能实现了。

没让李保国老师喝上自己的产品，也成为周岱燕一生中最大的遗憾。

李保国在投身红树莓项目之初，就给周岱燕团队制定了"造福一方百姓，健康整个民族”的企业经营理念。目前，我国80%的树莓都是以“速冻果”直接出口，市场上的深加工品很少，而且价格很高，一般人很难见到。

李保国曾多次跟周岱燕说：“这么好的东西为什么不能让咱们身边的老百姓吃得起、吃得到呢？他们外国人想要，得等到咱们有富余了再说！”在李保国的带领下，周岱燕一直把树莓产品深加工作为企业发展的重点。

在李保国技术团队的支持下，至高点公司建立了国内最大的树莓种苗组培中心，从培养基的调配，到组培灯光光谱的设计，经过半年的调试，目前运转正常，年产树莓种苗1500万株，可满足2万亩土地的种植发展需求。为了扩大种植面积，真正实现“公司＋农户”的产业化运作，李保国建议周岱燕要到外地多参观，多考察学习，吸收先进经验为己所用。

周岱燕记得，在陪同李保国及他的课题组到东北三省考察红树莓种植和深加工产业时，由于高速公路纵横交织，司机又不太熟悉道路，多次走错方向，有时偏离目的地100多公里，当重新返回正道抵达考察地点时，已经深夜，为了赶路，经常误了就餐时间。李保国及课题组全体成员，没有一个发牢骚、有怨言。

有一次，周岱燕邀请李保国一起去沧州献县考察一个树莓种植大户，李保国说，沧州离保定不远，那里他很熟悉，便与周岱燕约定在保定高铁站集合，接上周岱燕一起开

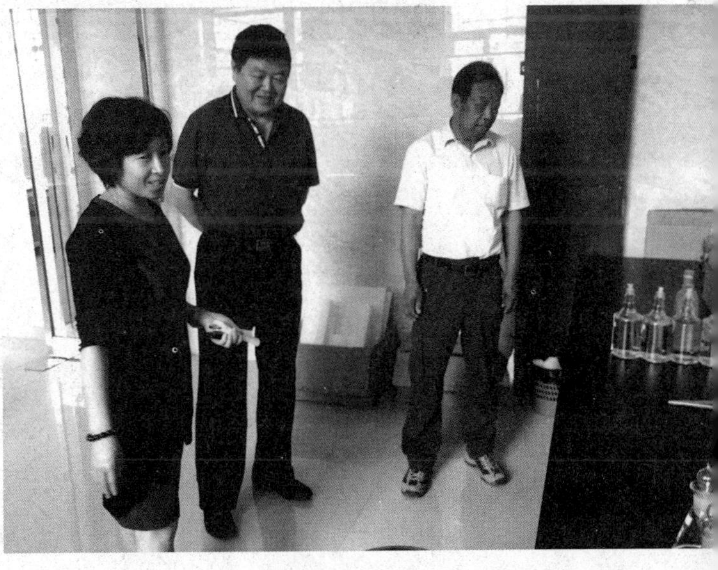

李保国和周岱燕在实验室

车去献县。可李保国接上周岱燕之后，一直走了5个多小时，愣是找不到通往沧州的高速公路上道口。路却越走越窄，最后开到了乡间小路上，未能走出保定地界。

他的家在保定，他的工作单位在保定，他的妻儿也都在保定，可他对保定竟如此陌生。

然而，当他来到邢台，尤其是在西部太行山区那弯弯曲曲的盘山路上，他处处十分熟悉。每条道路，每个村庄，他都能叫上名字。每片果园，他都能说出主家来。

为打造河北树莓“航母”，将全省树莓资源整合在同一平台之上，提高市场竞争力，在李保国的大力推动下，合作种植户种植面积扩充到了近7000亩，辐射至邢台的南和县、邢台县、任县、广宗县、临城县、宁晋县，沧州的献县，保定的易县、阜平县，廊坊的大城县等地。初步实现跨区域经营，形成由单一种植转向深加工的全产业化链条。同时，为当地农民提供大量就业机会，并提供种植及植保技术，使农户每亩增收5000元以上，为调整地区产业结构、增加农民收入、拉动地区经济发展做出了巨大的贡献。

“我们在2015年已经种植了1400多亩树莓，2016年将再补植1300多亩。”周岱燕胸有成竹，雄心勃勃。他还将在隆尧、内丘、临城、任县等地推广建设总面积上万亩的树莓种植产业园，并以此为依托，发展采摘、旅游、观光等产业，形成完整的产业链，预计年产值可达20亿元以上。

短短两年的时间，树莓产业在河北省的发展得到了中国树莓产业联盟和同行的一致认可。

受国际树莓组织邀请，至高点公司与河北农大课题组原计划于5月上旬前往塞尔维亚参加第10届国际树莓大会，介绍树莓发展情况并进行技术交流。李保国教授却不能如约成行了。

4月10日中午，树莓产业联盟主席李加虎先生在得知李老师去世的消息后，特意给周岱燕打来电话，核实消息并表达哀悼。李加虎主席原本要在近日代表树莓产业联盟为李保国老师亲自颁发“树莓联盟首席科学家”证书，可工作还没来得及进行，李老师就匆匆走了，甚为遗憾。

当日下午，中国树莓泰斗张清华教授也致电周岱燕，再三追问核实李老师是不是真的走了。她说，前两天，李保国教授还与她联系并邀请她到南和县考察红树莓，都已经约好了，可怎么说走就走了呢？张清华教授郑重地委托周岱燕代她为李老师敬献一个花篮，遥寄哀思，并表示一定完成李保国的夙愿，抽时间专程到南和考察。

虽然只有短暂的两年时间，周岱燕却与李保国教授结下深厚友谊，二人之间的关系真可谓达到了“亦师亦友亦兄弟”的境界。这两年红树莓发展的每一个环节、每一项技术、每一个产品都渗透和凝结了李老师的心血和智慧。

李保国与张清华教授（中）、周岱燕董事长

当周岱燕第一时间接到李保国助手齐国辉传来的噩耗时，如雷轰顶，顿时泪雨滂沱，悲戚难抑。手机两端亦同闻哭声，同哀共泣，同悲共悼，其情难言。两人只言片语的相互劝慰，也显得那样苍白无力，竟一时语噎……

李老师走了，带着他未竟的事业，带着他未了的心愿。

4月10日下午，刚从北京回到邢台的周岱燕来不及处理任何棘手事务，便紧急赶往保定，一直陪伴李保国教授家属3天，直到遗体告别的最后时刻，送完李保国教授最后一程。

送走李保国，周岱燕显得十分疲惫和失落，归途中，他头倚车窗，思绪万千……

李保国岂不就是一颗红树莓吗？他纯朴、务实，他的精神可以涤净我们的心灵，他的言行可以成为我们的榜样。

“李老师走了，但他的精神还在。李老师再也回不到基地，可树莓事业仍在，树莓人仍在。我们一定要继承李老师的遗愿，将他未完成的事业继续下去，让我们的红树莓产业引领河北，享誉全国，走向世界！”

李保国那高尚的灵魂，传递给周岱燕无限动力和能量，让他倾心聚力发展红树莓事业的豪情壮志再一次填满胸怀。

至高点公司组培中心年育苗量可达1500万株

4月12日，周岱燕参加完李保国遗体告别仪式，返回邢台时已近黄昏，他呼唤着老友的名字，仿佛和他一起回到他们相伴两载的红树莓基地。

夜深了，基地的灯还亮着，透过明净的玻璃窗，他分明看到，李保国和他的学生们又在埋头工作了……

如今，李保国生前最为关切的红树莓新品种研制攻关已进入冲刺阶段。

以李保国的名字命名的“保国一号”“保国二号”即将面世……

第六章　镌刻在大地上的学术成果

2015年12月9日上午，浓雾笼罩，天气寒冷，在太行山脚下邢台县前南峪村麻峪沟的苹果示范基地里，几十名果农在苹果园里静听李保国授课。

李保国是一大早开车从邢台市区出发来山里的，由于有大雾，又修路，所以行驶了两个多小时才来到授课现场。

“不好意思，因为大雾我来晚了，让大家久等了，对不起了。”李保国一边道歉，一边戴上手套，抽出腰里的大剪刀，钻进苹果园里。

果农们“呼呼啦啦”围成了一圈儿，簇拥着他。

李保国一边剪枝修杈，一边讲解授课。

“冬季整形修剪，你们就记住一句话：‘去掉直立条，不留扇子面。’像这棵树，凡是往上长、往起抬的枝，超过40厘米一概不要。现在不舍得剪，以后就会长成大锅盖，影响采光……”李保国手持大剪刀朝一条枝丫剪去，“咔嚓”一声，手起枝落，动作洒脱。

如此示范讲解了一个多小时之后，大家仍意犹未尽，纷纷围着他询问果树管理方面的知识和各种问题。李保国有问必答，深入浅出，用最通俗易懂的大白话来解释比较艰涩难懂的科学道理，果农们听得津津有味、连连点头，果林里笑声不断……

2016年3月31日下午，在临城县赵庄乡的一个小山村里，李保国站在山场上一棵刚刚栽下的用于教学示范的苹果树前，手持剪刀娴熟地边剪枝边讲解，围着他听课的是30多位男女村民。

李保国在大山里给农民讲课

李保国喘口气说：“你们看，不复杂。你们这里的条件，太好了，多好的山场啊，阳光充足，土质也相当好。”

接着，看看大家，挥着剪刀说：“你们看，好好的山场闲置撂荒，多可惜。如果种上苹果树，每年少说也得收入个4000块。”

大家听得雀跃起来。

李保国继续说：“听我的，你们干吧，技术上我负责，不懂我教你们，我经常来你们临城，来了就住在绿岭公司，我随叫随到……”

这两组镜头，只是李保国在邢台太行山区经常辅导果农，向村民普及传授科学种植知识上千次讲课中极其普通的两个。

自20世纪80年代以来，李保国举办培训班800余次，培训人员9万余人次，示范推广总面积1080万亩，累计应用面积1826万亩，累计增加农业产值35.3亿元，纯增收28.5亿元……

一组组数据在李保国不辞辛苦的奔波中不断刷新，他把自己的知识，换成农民手中沉甸甸的钱袋子。

这样的教授，谁能不尊敬?

35年间，李保国以邢台地区的太行山为科学试验场，把大地当作教案，将自己的知识、智慧和对学生的教育嫁接到富民强国的实际运用和创新实践活动之中，不但探索出了一个学者该怎样为国家、为人民贡献自己的才华的光明大道，还向我们的高等教育体制，特别是农业院校的教学和科研体制提出了挑战。

他说：“每当看到农民渴望学习技术的眼神，我都感到无法拒绝，当然也不能拒绝，因为这是一名林业专家应该有的担当和责任。”

用自己的知识去帮助贫困百姓，尽自己最大的能力改变落后地区的经济状况，体现了一个知识分子的勇气。

早些年，李保国曾陪着一位领导到邢台一个山村考察。刚走进第一户，就发现生活特别困难，家里一贫如洗，全家只有一条炕席一床被子，揭开锅，只有玉米面饼子。领导一见，赶紧从兜儿里掏钱。李保国劝他先别掏钱，最后一起想办法，可领导说看着实在可怜，得救济。第二户、第三户……到第六户，领导兜里的钱掏光了。李保国打趣地“挤对”领导：“你再掏啊！反正我是不借给你……”

“要看这里头根本问题在哪儿，光从兜儿里掏钱，这解决不了问题。”李保国感慨地说。

是啊，扶贫，光给钱不是办法，钱花完了还会伸手要。“补血”不行，必须“造血”。

李保国要“造血”，就是要用“科技”来攻“扶贫”的“关”，从根本上改变农民的命运，从根本上拔掉他们的“穷根儿”。

扶贫攻坚，科学技术是杠杆。中国改革开放的总设计师邓小平曾指出“科学技术是第一生产力”，在技术相对薄弱、经济相对落后的山区更需要以科技兴农。

为此，在李保国自己的科技扶贫“攻坚战”中，他的做法：一是引导农民自我发展。“授人以鱼不如授人以渔”，让农民学会将现有资源优势转化为经济优势。二是注重研究推广先进、适用的技术，探索一套可复制、可推广的山区脱贫新模式。三是将治穷和治愚相结合，通过技术培训把

李保国为农民示范果树剪枝

许多果农培养成“技术把式”，让农民真正实现脱贫。

也正是这看似简单的三件事，贯穿了李保国的一生，他为“反贫困战役”倾尽全力，无私奉献。

李保国说：“全省的技术人员我直接培训，指导他们掌握适宜的规范化技术，我这辈子最过瘾的是干了两件事，一是把我变成农民，二是把越来越多的农民变成‘我’，这样科技推广才能覆盖全省。”

经李保国的教育、培养和手把手的“传帮带”，数以万计的当地农民成为永远不走的“土专家”。仅在内丘县侯家庄乡岗底一个山村，就有191名果农获得农业部、劳动和社会保障部颁发的果树初级工、中级工证书。

但是，有谁知道，从1996年至今，每年、每个季节、果树生长的每个关键时期，李保国都会如约到岗底村，给村民们手把手地传授知识。只要他一来到村里，村里的大喇叭就广播开了：“李老师来了！李老师来了！”四里八乡凡能听到广播的邻村的村民们，也全都赶过来听培训。连村里的小孩都认识李保国，在街里一看见他，就喊：“李保国又来啦！”李保国在这里讲授了上百次专业技术课，硬是把这里的村民变成了“职业技术农民”。

“常年给农户和企业提供技术指导，每年至少也得有几百万元的收入吧？”这样的问题李保国也会常常遇到。

事实上，他既不拿企业或农户的工资，也没有股份，有时还倒贴科研经费。他常说：“不为钱来，农民才信你；不为利往，乡亲们才听你的。”

“要说我的收获，那可大得很呢！科研成果出来了，荒山绿了，农民富了……”

李保国崇尚“实践”的精神，他自从小时候在教室里看到英国哲学家培根“知识就是力量”这句经典名言起，就暗下决心，苦学知识，梦想将知识变为一种可以改变贫穷、创造幸福的力量。

1981年，李保国大学毕业后留校任教，当时只有23岁。作为刚留校的毕业生，刚走上林学院的讲台，学校都要求他们必须有一个实习阶段。李保国先从辅导员做起，几乎每天都是陪伴着学生们在教室和宿舍里。

半年过后，李保国被安排教授《果树栽培》。这个课程与其说是他自己选择的，倒不如说是大伙挑选剩下才给了他。可李保国把这个课程却教出了新鲜的味道，成了学生们纷纷争抢着去学习的选修课。

吸引学生们的是，李保国把课堂搬到了学校的试验田，根本就不在教室里上。

当时，学校试验田其实也就是4亩多地，上面有各种植物和庄稼，都是配合各门课程才种植的。李保国带领学生第一次在这块地里以间作方式，种植了不少果树。这些果树就是日常的教材，每棵树都是一本书，需要他把这“书”上的知识教给学生们。

李保国和他的学生们

从实验田到教室，从教室到实验田，来回奔走穿行，不到一年时间，李保国坐不住了，第一个暑假开学后，上班仅十几天的他就响应学校号召，第一个报名离开了课堂和教室，一头扎进了太行山。

李保国老师扎根现场，服务现场，让科学在现场，让知识走近现场，走进民间，接地气，贴人心。坚持将最好的论文写在太行山上，把学术成果变成大地上最美的硕果，与他的生活经历、个人素养、道德品性息息相关，其思想基础十分朴素。

李保国曾经这样说过："我高中学的是文科，当年恢复高考时我想了很长时间，我说我学文，估计也当不了什么名家、文豪。学理呢，起码能手握一门干事的技术，我就是这么走上农业科技这条路的。到现在我应该是学校里课题最多的教授，但我保证，我和我的硕士生、博士生，都是研究实用性问题，都是将来能够直接应用到农业生产的。我们掌握的东西，研究的东西，得变成实际的价值，变成实打实的事。就好比前几天在山里，一天之内，我跑了4000多亩苹果地。给农民把技术指导做好了，早一年进入盛果期，这对我来说不算什么。可通过我的技术，早一年进入盛果期，一亩地增收4000斤苹果，按一斤苹果卖两块钱算，一亩地就增收8000元，4000亩地是多少啊？3200万元！也就是一个人辛苦一天的事，这多吸引人，多有成就感，多值！……"

李保国又说："我一直认为，干点自己喜欢的事，干成点有益于人民的事，什么时候想起来，也是值得骄傲的。我今年58岁了，也是抱孙子的人了，但是我到现在都记得，我小的时候，我奶奶总说，人一辈子得做点让别人好的事。她从小就鼓励我说：'我这孙子有出息，将来一定能做成点事。'所以，我就一直想做点有意义的大事，不想围绕着小事转悠。当然我眼里大事小事的区别可能跟别人不太一样。别人干不成的事我干成了，别人种不活的树我种活了，别人干不赚钱我赚钱了，我一手指导的模式在河北遍地开花了，这是我的一种精神享受——我把这件事干成了！我办成的这么多实事本身，就是对我的最高奖励。吃苦受累没问题，要是一事无成，我才觉得有点不合适……"

李保国还说："我们这一代人，接受的教育就是服从组织，个人利益服从人民利益。所以当年让下乡，也觉得是应该的。而且，我那时候的身份已经不是农民了，是大学教师，我回到农村是用我的知识工作，从心理上说这是不一样的。我学的东西，就农村用得着，不到农村我学这个还有什么意义？我是农民的儿子，我看到山区人民过苦日子，心里难受。”

知识曾改变了自己的命运，又运用自己的知识改变了农民的命运，这就是李保国既朴素又真实的价值观。但是，又有多少大学教授，是这么想和这么做的呢？

写在纸上的不一定就是好论文，出了多少书有多少头衔的不一定就是好教授，能把科技转化为生产力，能带领百姓脱贫走上致富之路的教授，才是百姓心中真心热爱的学者、专家。李保国无怨无悔地在太行老区、偏远农村奉献自己的青春和热血，无疑是我们这个时代的楷模，是我们这个社会真正的脊梁。

是啊，纸上得来终觉浅，绝知此事要躬行。

当今，有多少应用领域的大学老师能像李保国这样？有些大学老师根本就不出校门和办公室，更不必说去工厂和乡村了，他们在忙着评职称、争课题、出书、出国，学术造假、学历掺水、论文抄袭、科研经费沦为“唐僧肉”等事件层出不穷，很多人忘了一个真正的学者应该承担的社会责任与历史使命。

大学何其多，教授何其多，比比那些个绞尽脑汁把科研经费装入自家口袋的教授，为了名利不惜雇凶伤人的教授，为了博人眼球搞什么乌七八糟行为艺术的教授，以大牌自居网上网下动辄骂人的教授，老子天下第一习惯于指点江山的教授，李保国的无私奉献精神，安贫乐道情怀，都显得无比崇高与伟大。

在高校教授频出丑闻的今天，李保国教授无疑是一面镜子，什么样的论文才是优秀论文，什么样的教授才是杰出的教授？大学教授是西装革履当学术“包工头”，坐而论道、闭门造车、夸夸其谈、语出惊人，作学术报告索要高额的出场费，天天琢磨着捞外快，还是一头扎进工厂、田间地头，让知识在一线发光，让学术成果带领百姓致富？李保国用自己在科研一线的实际行动给出了响亮的回答。

学以致用，反哺人民，到广阔的农村，到穷困的乡下去，到偏僻的山村去，到田间，到地头，手把手言传身教。李保国就这样毅然决然，义无反顾，35年如一日。

在河北境内的太行山一线，成千上万的村民，都知道李保国。

有一次，河北省一位农业口的领导，上任之初沿着太行山区考察，一路走访下来，每到一个山村，他只要看到有农民在果树林里，就过去询问："老乡，你这苹果树如果有了问题了，在技术方面，谁指导你们，你都认识什么人啊？"

果农不假思索道："知道李保国，河北农大的李教授啊！"

这位领导从邯郸的涉县、邢台的内丘一直走到石家庄的赞皇，一路上走了20多个村子，每次问到这个时，答案都是完全一样的："认识李保国。"

李保国在山间搞调研

领导很惊诧，感慨地对下属说："奇怪，咱们系统里这么多农业专家和技术员，为什么山区农民一张嘴，全都是李保国啊？回去咱得好好研究一下，研讨研讨这个'李保国效应'……"

李保国说："农民能记住我，对我有感情，那是我这个人没架子，说话比较通俗易懂。我给农民讲课包括教技术，是实打实来，不能把给硕士、博士上课那一套搬来，得把你的技术、你的成果变成农民能理解的、能记住的、能做到的最简单的东西。好比我教农民疏果，我就告诉他们：这和计划生育道理一样，孩子多的家庭负担重，如果就供一个孩子上学、就业、娶媳妇盖房就省劲儿多了，所以，苹果树也要实行'计划生育'……"

广大果农们对李保国有感情，印象深，喜欢他，一是李保国不计名利，不像有的教授或者专家，为讲课而讲课，为技术而技术，李保国是真心实意让大家得到知识掌握技术而改变命运。第二是他作为专家教授，他盯得死，坚持把知识、技术的推广和应用落到实处。

农业科技研发难，推广更难。这之间的距离，被称为科技推广的最后"一公里"。

怎样打通这最后"一公里"？李保国概括为四个字——"死盯、盯死"。

李保国说："农民往往有图省事的心理，对先进技术不能完全落实，需要手把手、面对面指导。死盯着让农民把技术学会，再盯死了让他们严格执行，直至真正见到效果。在农村，科技+管理=生产力，科技和管理两手都要硬。在这方面，我可是真的下了功夫，真的用心啊。干事就得干成，没有这个心劲儿，能干好吗？我们有36项标准化技术，光种苹果，就有128道生产管理工序，那要一条一条搞出来，一条一条推下去，当然很不容易了。所以我现在常跟学生们说，生活上吃点儿苦不算什么，非得业务上也能吃苦，那才算数。"

死盯、盯死的背后，是他对农业、农民的深刻了解和热爱。他觉得只有全心全意专注于农业技术和教学科研的推广，并将其转化为让百姓致富的现实生产力，才配得上农民送给他的“科技财神”“科技福星”的称号。

多年来，李保国坚持根据生产实际需要开展科学技术研究，他主持的科研项目都取得了重要成果，分别获得了国家、原林业部、河北省的一系列奖项16项。如他主持的“太行山石质山地爆破整地造林技术”获原林业部“国家七五重大攻关成果荣誉奖”，“太行山高效益绿化配套技术研究”获原林业部科技进步二等奖、国家科技进步三等奖，“太行山低山片麻岩区‘聚续’生态农业工程技术”中心试点的前南峪村获得“全球生态环境建设五百佳”提名奖及“河北省山区创业二等奖”，“优质无公害红富士苹果配套栽培技术研究”获河北省科技进步二等奖等。出版《苹果标准化栽培技术》《核桃优良品种及无公害栽培技术》等5部专著，发表80余篇论文，示范推广了16项山地开发治理的标准化技术。他的这些科研学术成果，都是从他具体的实践中脱胎而来。

河北农业大学校长王志刚这样评价李保国，他说：“李保国教授是我校优秀教师中的杰出代表！”

李保国一直从事经济林栽培的教学工作，先后为本科生、研究生主讲9门课程，每年超额完成教学工作，先后主持完成《北方经济林栽培学总论》等9部教材的编写工作。他坚持把最新的知识传授给学生，长期的科研工作，大量的科研成果，丰富的实践经验，使他能够及时把自己的科研成果和在实践中获得的经验充实到教学实践中，不断更新讲授内容，深受学生欢迎。他教的毕业班，25%的学生考上硕士研究生， 他带的硕士研究生，70%考上了博士研究生。他亲自带出的硕士、博士有67人，培育农业科技人才千余人。他没有像别的教授那样，一头扎在学术的纸堆里，而是把实验室搬到田间地头，搬到了乱石丛生、草木皆无的荒山丘陵上……

严师出高徒，有什么样的老师，就有什么样的学生。

无论是当李保国的本科生，还是跟他读研究生、博士生，他都会把他的学生从课堂上引导到大山和田野的实验基地上，让他们在实践中茁壮成长，增长才干，最终成为为农民服务的科技栋梁之材。

李保国给农民讲课

由于常年在山里奔波，李保国戏称自己是河北农大“最黑”的教授。他一笑起来，眼睛几乎完全眯起，憨憨地露出两排牙齿，乍看上去像个再普通不过的老农民。可事实上，李保国并不像外表看上去那么好脾气。他总喜欢用反问的语气来表达自己的意思。虽然语速平缓，但想插进去话并不容易。需要表示强调的时候，他会刻意加重语气，原本“土味”盎然的衡水口音，也会切换成更加标准的普通话。

在教学或者开展技术指导时，李保国总是习惯说“必须”“不许”“不行”“听我的”……口吻一般很强硬，不了解他的人一般还真接受不了。

对此，李保国曾解释说：“工作上，我说得对，那就必须听我的。我现在做起来了三个产业带，三个产业带的龙头企业都是我扶植起来的，经营是他们来，但所有的运作思路都是我的，我是管指挥他们的。我从来不追求企业给我多少钱，但你必须听我的，给我干成事。对学生也是如此，你既然当我学生，那就得听我的，按照我教的做，不然怎么成才？”

“我们都有些怕他。”2012级博士研究生郝梁丞讲到一个很小的细节：写实验记录的笔，李保国一直要求学生必须用铅笔。因为相比中性笔，铅笔笔迹保存时间更长。

女学生们回忆说，学嫁接的时候，有时苗只有10厘米高，要趴在地上一株株嫁接，李保国要求女生也不例外。他说，将来搞科研要想出成果、让农民信服，先得学会吃苦，不分男生女生。

李保国说：“农业教育非实习不能得真谛，非试验不能探精微。”他秉持“科研为解决生产难题服务”理念，坚持让学术成果在山川大地上开花结果。作为大学教授、博士生导师的李保国，在教学和对学生培养上，当然是一丝不苟，恨铁不成钢。

在李保国的言传身教下，学生们逐渐养成了严谨细致的工作作风，参加工作后的具体项目都能直接上手。如今，回忆往事，每个人都很感念老师的良苦用心。

现在邢台市林业局果桑科工作的施丽丽，曾是李保国的学生，2009级硕士研究生，她回忆说：“对我们来说，李保国老师犹如严父，对待学习和工作，导师要求很是严格，不允许出一点差错，教导起我们更是一点面子都不留。还记得在2011年8月，李老师带领我们五六个学生到岗底村进行科研调查。在调查过程中，用于测定冠层结构的冠层仪支架连接钮坏了，大家都一筹莫展，也不敢告诉李老师，因为李老师脾气急，怕他知道仪器坏了影响调查进度训斥我们。正在不知所措的时候，李老师过来问我们为什么都停了下来，我们怯生生地说，冠层仪的支架坏了，李老师看了看二话没说，提着支架往村里走去，没过一会儿便把焊好的支架拿了过来，严肃地说：‘做实验仪器出问题是常有的事，不能出问题就干等着，出问题要尽快想办法解决了。’是啊，做事就不能怕事，凡事都有解决的办法。正是李老师的严厉教导，才有了我今天奉献邢台林果事业的技能……”

李保国的学生陈利英，是从冀县乡村考到河北农大的，2003年一毕业，他就跟着李保国来到了临城县“狐子沟”的荒岗上。如今，她已经是绿岭果业有限公司的技术总监了，负责管理这个企业的所有技术环节，工作井井有条，完全可以独当一面了。

陈利英当年上农业专科时，就听说了李保国扎根前南峪村，把该村从“嫁女不嫁前南峪”的穷山村发展成为太行山区一颗璀璨的明珠的故事。到她读大学时，正赶上李保国在内丘岗底村推广无公害苹果栽植技术。在她们全班的同学眼中，李老师很有经济头脑，经他“指点”的地方，农民腰包都鼓起来了。这也正是陈利英毕业后，下决心远离家乡，追随着李保国老师来到当时蛮荒的狐子沟创业的原因。

陈利英感慨地说：“李老师对我们可严了，对有些不愿意上树修剪果枝的学生，瞪着眼说，我抽鞭子也要把你们抽到树上去，不好好学，将来怎么下去指导果农们。他要求学生，不懂可以问，但绝不能不懂装懂，遇到问题要弄透彻，不能一知半解，提了要求就要按要求做，安排好的工作必须做好。因为没能达到要求，被李老师训哭的学生可不在少数。李保国经常对学生说，不管以后你们怎样，现在跟着我，就要把该学的学到、学会……”

2010年，陈利英从绿岭考取了李保国的在职研究生。和其他在校的研究生一样，陈利英一入学，李保国就给了她一个3年的学习任务清单：第一学期，完成课程学习和开题报告；第二学期、第三学期完成实验并写出研究报告……每一项都有详细的要求和明确的时间表。而且，李保国会随时抽查，谁不按时完成，就会受到他的严厉批评。2013年寒假，有个学生因为前期准备不认真，李保国要求他留在学校写毕业论文，直到大年三十写完才放他回家。

李保国带着学生在绿岭公司实习时，教他们嫁接课，要求学生们每人一行，按他教的步骤做，不但要成活率，而且要速度快，否则就考核不合格。当时，小苗只有四五十厘米高，学生们顶着太阳蹲着、跪着练习，一天下来腰酸背痛，有的累得连饭都不想吃，但第二天还得接着干。

李保国告诉学生们说："所有技术都是这么练出来的，没有任何捷径。"

在李保国的严厉督促下，只用一周时间，实习生们全都掌握了嫁接技术，达到了熟练工的水平。

陈利英从小是在农村长大的孩子，性格比较内向，不善言谈，尤其是在人多的场合。李保国看在眼里，急在心里。从2008年开始，每次对外技术培训，李保国都会叫上陈利英，教她了解农民的需求，教她用简单的、老百姓能听得懂的话去讲技术、化难题，并鼓励她开口讲，李保国做补充。在李保国的引导下，陈利英的能力不断提高，先后在邢台、石家庄、秦皇岛、邯郸、山西晋中等地独立开展技术培训上百次，并得到了越来越多果农和企业的认可。

在绿岭公司的帮扶基地里，李保国要求学生在科研探讨时必须科学严谨、用专业术语。但与果农交流时，必需做到通俗易懂、不能用书面话。

李保国还经常说："哪里不明白要及时问，不能不懂装懂，更不能粗心大意不当回事。"

有一次，陈利英因为在工作中没坚持采用新技术，被李保国劈头盖脸训斥："你就不配做技术总监，别干了，辞职算了！"

还有一次，大概是2008年7月里的一天中午，陈利英正在午休，突然接到李保国的电话，要她马上赶到西岗核桃地里。陈利英连忙到了地里，发现由于管道问题，有一片核桃树受旱严重，核桃果都旱得蔫了。李保国当即要求陈利英对土壤、叶片、果实取样，测定含水量，并观察浇水后的变化。陈利英按李保国的吩咐，把测得的数据随手记在了一张纸上。后来，陈利英因为有事，耽搁了几天，等她想起来时，记满数据的那张纸却找不到了。李老师得知后，把陈利英好训："你是干什么吃的！没心没肺！真是太可惜太可惜了。大旱不是每年都有，错过了这次实验机会，不知道再等多少年……”陈利英不理解，感觉委屈，当场就哭了。

这件事，后来对陈利英触动很大，她说：“现在，我明白李老师的良苦用心了，他是为了让我们快点儿成长，快点儿长本事，现在，我自己在工作中变得敢于坚持了，敢于认真了，敢于严格了。我这才明白李老师要求我们做的，不仅仅是学问和科技，他是要通过科技的手段，来打造大的产业，所以来不得半点儿马虎和潦草……”

“科技是翘板，用科技改造荒山，我们要做的不是简简单单的科技推广，而是通过这些科技来打造一个产业，要做‘产业科技’，用科技把产业做起来了，才能实现可持续发展，才能给农民一个持续增收的能力。”李保国如是说。

站在绵延的太行山上，听着恩师李保国的谆谆教导，陈利英坚强了，成熟了，勇敢了，智慧了。她说：“今天，我留在绿岭，是我人生最好的选择。我不仅仅是指导核桃栽培和生产，更重要的是要把这颗小核桃做成一个大产业，这样我们这方人就有了一个端在自己手里的金饭碗了……”

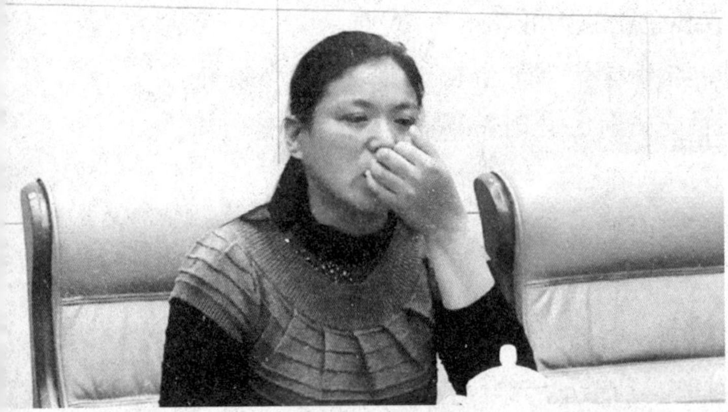

绿岭果业技术总监陈利英说起李保国老师，难抑内心的悲伤

这就是当学生、做学问、长知识的最终目的：为了百姓的幸福生活。

所以，李保国敬业爱岗，关心学生，雷打不动坚持给本科生上课，对学生的论文也是一字一句一遍遍修改。陈利英还记得，有一次深夜两点多自己把论文发过去，凌晨四点多李老师就把修改过的论文返回来了，没有人知道，李保国是怎样夜以继日地工作的。

绿岭公司企业发展中心研究员马华冰，也是李保国的研究生，她说：“我的毕业论文，李老师一字一句改，对我们可严厉了，标点符号都不能错。他带我们到基地实习，让我们与实践结合，在论文里如果有一个专业术语不对，就狠狠批评我们。可是，在平时吧，他又很关心我们，下乡时，总问我们衣服带够了没有，洗漱的东西带全没有，慈父一般……”

李保国的学生，现任河北大学教授、博士生导师齐国辉说：“我做了李老师20年的助手，他一个人用了30年的时间，干了70年的活儿，把自己的所有精力和知识，全部用在为农民的脱贫致富上，他把老百姓的事看成是他生命中最重要的事。他的手机24小时开机，只要是农民打电话，他马上解答，如果电话里不能解决，很多时候他还不辞辛苦直接到现场去看，手把手教会农民，从来不图回报。早在1997年，我和他在南和县指导学生实习的时候，在返回驻地的路上，看见一片梨园，梨树下部叶片都蜷缩在一起了，他一看着急了，凭经验知道一定是发生了药害，后来从果园里找到了除草剂‘2.4-D丁酯’的药瓶，原来是园主为梨园间作的麦田喷洒了除草剂致使梨树受害。他专门找到了园主，告诉园主解决的办法，使受害梨树很快恢复，园主深受感动。2012年6月，他受河北省林业司法鉴定中心委托，带领我们团队对辛集市15个村57户村民承包的梨树药害受损情况进行司法鉴定。本着公平公正的原则，对梨树受害情况进行科学评估。同时，在司法鉴定任务之外，他还提出了切实可行的受害树管理方法，并打印出来，每户一张纸条，果农照方抓药即可，使得受害梨树很快得以恢复，深受百姓欢迎。这样的例子数不胜数。李老师敢于创新，在30多年的山区综合开发治理实践中，他探索出了一条‘生产为科研出题、科研为生产解难’的路子，研发出了系列先进技术，如‘深眼闷炮’控制爆破松土蓄水技术、隔坡沟状梯机械整地技术、太行山片麻岩区‘蓄、集、整、改、排’防洪减灾工程技术、太行山板栗集约栽培技术、优质无公害苹果栽培技术、绿色核桃配套栽培技术等。他将这些

李保国在讲解太行山区“航母”计划

技术概括为老百姓能听得懂的语言传授给农民，如苹果树修剪：幼树期‘见枝拉下垂、只剪中心枝’，盛果期树‘去枝就留橛、见枝拉下垂’；早实核桃幼树‘见枝就拉平、只剪中心枝’等。他在果树生产中突发事件发生时，能够运用他的智慧立刻解决难题，如在2013年4月19日~20日，河北省中南部普降大雪、果树发生严重晚霜冻害时，他不知打了多少电话，提出了‘摇树除雪、熏烟防霜、霜后及时补充营养’的措施，指挥岗底村民、绿岭员工救灾，并及时赶到现场指挥救灾。在河北省中南部苹果、核桃几乎绝收的情况下，岗底村1200亩苹果不但未减产，还实现了增收；绿岭的核桃减产只有10%～40%。他曾非常遗憾地说：‘浆水镇3万亩苹果，如果都能采取这些措施，损失要降低多少？可是浆水没有个组织，这些技术落实不下去。’现在好了，通过他的运作，在浆水建立了苹果标准化示范基地，已经成立了技术传播队伍，技术能够快速传播下去。这两年，他正在运作一件前所未有的伟业，就是要把太行山区的农业企业进行大联合，充分发挥各企业的优势，每个企业专做一项产业，苹果由富岗来做，核桃由绿岭来做，红树莓由至高点来做，造地由葫芦峪来做，要打造成太行山区的‘农业航空母舰’，实现共赢。为此，他进行了多次协调，企业间已经初步达成了共识……”

李保国和学生们有个微信群叫“桃李之家”，他自己的微信名叫“老山人”。4月8日，李保国去世前两天，“11硕—祁娇娇”曾在群里发图片询问“老山人”：“我这有一片树，主枝上全是小裂口，裂得多的枝条就死了，是什么原因啊？”

当晚9时，“老山人”即回复：“娇娇的树是一年生枝条时的大绿浮尘子产卵造成的冻害。”这是学生们收到的李保国老师的最后一条微信……

就在李保国去世的前5天，他填报了河北省科技支撑计划项目验收材料。

2013年3月，李保国在阜平县指导制订山区发展规划

对此，他的科研助手，跟他读了三年硕士、三年博士的张雪梅说：“李老师生前有三个未完成的科研愿望，一是5年内在邢台做成中国最大的红树莓基地；二是让绿岭、富岗、葫芦峪联合起来作为支撑，打造太行山的航母；三是让太行山所有的村子都富起来……”

李保国走了，但他留下的农业科技和技术“火种”，由他一手培训出来的诸多个乡村的那些“永久牌”农民技术员，由他教导出来的许多本科生、研究生、博士生，星罗棋布般散落在太行山区，薪火相传，继承李保国的遗志，续写最新的专业论文，浇灌最美的科技之花，镌刻最亮丽的学术成果。

第七章　一件旧袄和两双坏鞋

每到冬季，李保国总穿着一件深灰色大棉袄。

这件大袄有四个大兜子，尤其是下面的两个衣兜格外大，剪刀和手锯都能斜插进去。大袄腰部有一条暗藏的绳子，绳子两端各有一个卡扣，可以从两端分别束紧或放松，也可以把两端直接系在一起，把腰部直接束起来。

李保国经常在果园里跑腾，为了干活方便，他经常把两端直接绑起来，把腰部束得紧紧的，虽然穿着大袄，却显得十分利索，丝毫不显累赘和臃肿。

李保国这件大袄一穿就是十几年，袖口都磨破了，露出里面的棉絮，可他舍不得扔，依然在穿。

刚开始教农民果树剪枝技术的时候，很多果民由于没基础，弄不明白。李保国就到果园里亲自给他们做示范。在树下讲，果枝需要仰视，怕大家分不清该剪掉的是哪条枝，他就干脆爬到树上专门指着枝条讲，讲清楚了就把该剪的枝子直接剪掉。

时间长了，上树下树，那件大袄早已破旧不堪。袄的颜色由深灰色变成了不均匀的浅灰色，个别地方已发白，辨不清是什么颜色了。两个袖口都被树皮和树枝磨破了，口袋上、袖子上也有好几处裂开的口子，缀满了细细缝补的针脚。这些针线活儿都出自妻子郭素萍之手。

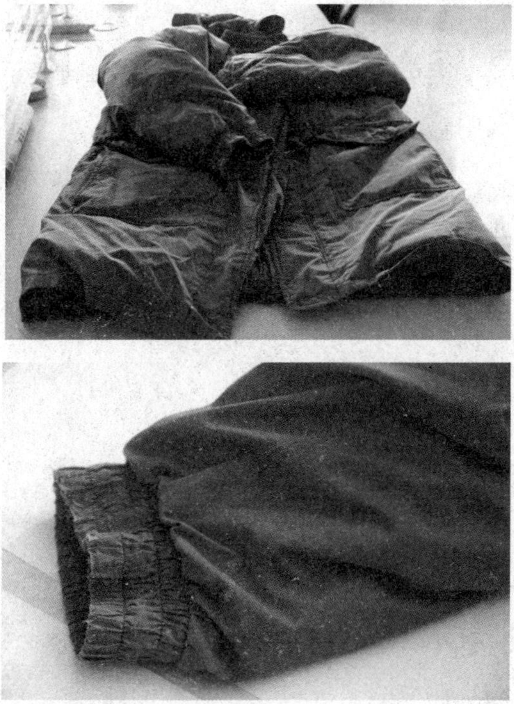
李保国穿过的棉袄

这件大袄还带着一个连体帽子，冬季即使再寒冷，也没见李保国戴过。

内丘县岗底村支部书记、富岗集团董事长杨双牛，临城县绿岭集团董事长高胜福两人都曾关注过并十分了解李保国穿过的这件大袄，他们觉得李保国一心教果农技术，毫不注重个人吃穿，实在有点看不下去，必须给李老师买一件新衣服。

可杨双牛、高胜福二人最了解李保国，给他买新衣服如果事先让他知道了，会断然拒绝。如果事后知道了，断不会收下，这可咋办？

干企业，闯市场，再大的难关没怕过。为了给李保国买件新衣服，真是难住了这两位太行汉子。

他俩“捏咕”了一下，决定就得偷偷买，可又不知道他的衣服尺码，但不能直接问，只好拐个弯。

便趁着某天三个人在一起吃饭的工夫，谈起了衣服的话题。

杨双牛直视着高胜福的上衣，一本正经地问：“高总，你的衣服是不是有点儿小了，看着有点儿紧巴，莫非是你这段时间胖了？”

高胜福忍俊不禁，微笑着说：“是，我胖了，衣服显得瘦了。”

杨双牛接着问：“你个子小，衣服尺码也肯定小，穿多大号？”

高胜福答道：“50号。你呢？老杨，你个子可是大啊。”

杨双牛把头埋在碗里，齉声齉气地说：“我单衣也得穿56号。”

高胜福笑笑说：“好家伙，高个子有啥好处，恁废衣料……”

听到高胜福的调侃，三人都哈哈地笑起来。

笑声未落，杨双牛便把碗搁到桌子上，扭头便问："李老师，你属中等个儿，你穿多大号衣服？"

李保国并没有马上接话头，他左右摇摆着脑袋，嘴巴贴着碗沿儿，左一口右一口"呼噜呼噜"地喝着小米粥。

杨双牛和高胜福眼巴巴地瞅着他，眼睛一眨不眨，盼着他快点开口说话。

"你就别操那心了，省省吧！"不料，等了好久，李保国却抛来一句这样冷冷的话。

二人故作惊讶状，可内心里却万分失望，李保国难道是诸葛亮，怎么这么准确地推测出我们要干啥？

"每天西装革履，头发锃亮，那是上讲堂！那样的打扮，能跟老百姓坐一条板凳？咋进果园教技术？我天天在果园，用不着。"李保国一通反问，弄得二人有些懵懂。

李保国端着碗，站起身来对杨、高二人讲："我教农民技术，想培养出不离村的果树专家，我变不成农民，农民就变不成专家。这是教学相长的规律。"

二人似乎还是没有完全听懂，李保国见状，把筷子朝碗上一放，冲着杨双牛摆摆手说："慢慢悟吧！以后你们就理解了——"

说完，李保国站起身来，拍拍大袄上的土，大步迈出屋门，走向村外的果园。

就这样，杨双牛、高胜福以后再也不敢跟李保国提买衣服的事了。

2009年，李保国去日本考察的时候，他爱人郭素萍特意给他买了件大红色冲锋衣。冲锋衣其实就是风衣夹克，也叫防风夹克，特别适合长期从事户外运动或登山运动的人穿着，有特殊的防水、防风、御寒作用。李保国特别喜欢这件衣服，但他跟别人不一样，不是"喜新厌旧"的人，他"穿新不扔旧"，那件磨破袖口的旧棉袄他始终舍不得丢弃，两件衣服倒替着穿。

从日本考察回来后没几天，李保国就和郭素萍一起来到绿岭，查看果树生长情况。高胜福看见李保国穿着一件崭新的红衣服，不由得夸赞一句："李老师穿这件红衣服可真精神啊！"

"这是你嫂子给买的。"李保国略带几分羞涩地说。

"李老师你为啥喜欢这红色？"高胜福好奇地接着问道。

李保国和郭素萍相对一笑，不说话。郭素萍却笑着说道："红色代表中国，另外红色比较显眼，我怕把李保国给丢了。穿着这件红衣服，无论在日本还是在果园里，人再多也能一眼就瞅见他。"

郭素萍简洁、幽默的话语中，却道出了这对充满爱国情怀的科技伉俪的赤子之心，也饱含着她对李保国真挚的爱。

随后，李保国又转到岗底去，杨双牛刚见他的第一面，也问了同样的问题。这次李保国却抢着回答："红色，多像咱的红苹果，象征咱们现在的日子红红火火。我穿这件红袄比较喜庆，希望能给你们带来好运啊。"李保国边说边笑起来。杨双牛也跟着笑，内心里却突然涌来一股暖流。

可后来，无论在杨双牛，还是在高胜福的印象里，李保国并没有常穿那件红色冲锋衣，反倒见他还是经常穿着那件灰色破旧大袄。

在日常生活中，他就是这样一位朴素不注重仪表，甚至偶尔显得有些邋遢的人。

可他在工作上，却是一个一丝不苟、敢于较真碰硬的人。

两方面一对比，反差很大。前者，别人一见他，就像个农民，尤其是走到山区村子里，跟农民在一起，分辨不出他与农民有什么区别。后者，他在教室讲台上授课，讲得逻辑严密，条理清晰，即使在田间地头给农民授课时，也是绘声绘色，清晰明了，语言朴实，很接地气，真有些学富五车的大教授做派。也许正是这两点的颇有点喜剧意味的反差，大家几乎异口同声地称呼他：农民教授。

李保国在穿着上一贯如此，追求简朴，毫不讲究，但有时也会捯饬一下。

2015年12月16日晚，“燕赵楷模”发布厅在河北电视台现场录制，主持人采访李保国的先进事迹后，用充满深情的声音，宣读了以下颁奖词——

你用科技的力量，把荒山秃岭丢进历史，把绿水青山留给未来；你用责任和担当，让贫穷困苦成为过去，让富裕文明变成现实。

中共河北省委常委、宣传部长田向利登台为他献花并颁奖。台下观众被他的事迹感动，掌声雷鸣般响彻演播大厅。

河北省委常委、宣传部部长田向利为李保国颁发“燕赵楷模”荣誉证书

现场熟悉李保国的人却有点诧异：“李保国咋变了模样？”

原来，一向穿着随意，不注重打扮的李保国，今天却像“大姑娘上轿一样”好好地打扮了一番。他刮净胡子，理了发，还穿着一件崭新的白衬衣，那是为了录像前一天晚上妻子郭素萍临时给他买的。平时，李保国很少穿浅颜色衣服，尤其是浅色衬衣。他经常在山里跑，浅色衣服一着身子就脏，需要三天两头地洗，又费时间又麻烦，真不如穿深色衣服。这么多年，李保国身上常穿的都是劳保迷彩服和那件破旧的深灰色大袄，最好的衣服也只有那件红色的冲锋衣了。

李保国说，穿这些衣服不仅干活舒服，而且还有个好处，就是十天半月过去也看不出脏来，既不影响形象，也不用常洗，能腾出大量时间

李保国被授予“燕赵楷模”荣誉称号

来为果农兄弟讲课、做事。

李保国在演播厅休息室里的镜子里照见了自己的形象，诙谐地自嘲道：“俺本来脸就黑，再穿个白衬衣，岂不显得脸更黑！”李保国对自己的模样倒是有自知之明，他觉得男子汉，肤色就该黑些，显得阳刚、健康。

导演为了追求录像效果，要求李保国系上领带，可李保国感觉不习惯，他自认为还是不系为好，自然而然。

但李保国最终没能拗过，导演亲自找同事给他借来一条，并端端正正地为他亲手系上。

可李保国在休息室里，还未上台却突然有些紧张，没有了在山间地头果树下那样的自由洒脱的样子，他总感觉脖子被勒着上吊绳一样，拘束得很，憋得慌，极不舒服。

他抬起手来，下意识地攥住领带结用力向左右扯动两下，又朝下拉了一拉。领带顿时松了，歪向一边。衬衣领子豁开一个口子，最上面的扣子根本就没系，脖子里的大喉结凸露出来，随着说话上下蠕动。

李保国来到镜子面前，照了照自己的样子，觉得实在不顺眼，他抬手把领带一下子捋了下来。干脆，不戴了。

李保国登上台后，紧张和拘束随着领带一起被卸下，心情骤然轻松。整台录制表现淡定、自如。导演竟没有注意到他未戴领带这一点。直到节目播出时，才发现这个问题，可重新录制几乎是不可能了。后来，剧组里也有人说，就不该给李保国系那条领带，多余。

当时，台下观众席里有一个方阵，是来自内丘县岗底村的果农。他们今天也刻意打扮一番，都穿得干净整洁。有的把为过年而购买的新衣，提前穿来，参加节目录制。李保国是这个村的荣誉村民，这20多位果农是李保国向剧组再三请求，征得同意而特别邀请的“客人”。

在节目录制最后，李保国向主持人提出一个要求，请自己尊贵的“客人”、同村的乡亲上台亮相。主持人随即答应，20多位兄弟姐妹兴高采烈地从观众席呼啦啦跑上去。李保国与他们一一拥抱，喜极而泣，他从主持人手里抢过话筒，激动地对观众们说：“我今天的荣誉都应该属于他们！我只不过是教会了他们在荒山秃岭上种植果树的本领，全靠他们和更多的山区乡亲辛勤劳动、科学管理，才使核桃、板栗、苹果等产量大增，整个山区才走向脱贫致富之路。”

说完，李保国将手中的那一大束鲜花和证书要献给岗底村的乡亲们。大家怯生生地推来推去，谁也不好意思接。因为大家心里都清楚，这荣誉非李教授莫属！可李保国依然执意将鲜花和证书塞到他们手里，伸出来的胳膊，就是不肯撤回去。

再不接，似乎有些尴尬了。

“接住吧，反正李教授跟咱们都是一个村的乡亲！”一语道破，众人欢笑。

李保国在大伙的簇拥下，憨憨实实、乐乐呵呵地和大家一起合影留念。

镁光灯闪得眼花缭乱，掌声像潮水般向台上涌来。

节目录制结束后，岗底及邢台来的乡亲们与李保国辞行，他们要先送李保国，可李保国不干，他们只好先上了车，李保国目送他们启程后，方才自己驾车回保定。

杨双牛把奖杯搂在怀里，兴高采烈地同几位老乡畅聊起来，话题还是离不开李保国，不由得聊及他刚刚到岗底时记忆最深的事。

20年前，李保国到岗底的第一顿饭，杨双牛带着敬“财神”的心情，做了精心安排。他花自己的钱买了几瓶罐头，炒了一盘鸡蛋。可李保国刚踏进门，一看见桌子上的菜扭头就走，丢下一句话：“我不是来被请客吃饭的。”说着就进了果园，谁也没拦住。

李保国在岗底扎下身后，他坚持要自己做饭吃，怎么劝也不行。他是怕脱离群众，可我们知道他本来除了会煮方便面，别的什么饭都不会做。如果他又讲课又做饭，可耽误不起他眼里最金贵的时间。好说歹劝地，最后他勉强同意，才专门安排了一个给他做饭的。

他一身农民打扮，生人看不出他是个教授。有人说他不会讲究，杨双牛起初也这样认为，后来才明白那是不了解他。

在岗底村20年来，李保国一直要求自己变得像个农民，而不像教授。可他本来就是个教授，而且后来成了大教授、博士生导师。他变成农民的样子，在岗底和其他山村里的果农们眼里，根本看不出李保国是有意而为。李保国老家是衡水武邑县，祖辈父辈都是正儿八经农民出身，朴实、实在的农民本色，在他身上就是自然而然。

李保国常说："在农村，不管你有多大的能耐，农民不认可你这个人，技术传授就会大打折扣。"可做到"认可"两个字，很难！为了这个目的，李保国一直努力在做，并且最终做到了！在与果农打了30多年交道后，他曾自豪地说，"把我变成农民""把农民变成我"这两件事是他这一生"最过瘾"的事。

就拿岗底来说，200多户村民种了大小350多个果园，总面积足有3500亩。哪个果园是谁家的，果树管的怎么样，存在什么问题，又是什么原因，他都掌握得一清二楚。

不管他路过谁家果园，只要瞅见果树管理不到位，他就会立即钻进地里查看一番，如果主家在，必会当面告知问题，并手把手地教给处置办法。如果见不到果园主人，他就主动找到家里去告诉果农。时间长了，谁家住哪，几口人，几个劳力，他比有的同村村民还清楚。每个果农技术掌握的怎么样，他了如指掌。

李保国了解农民、理解农民、心系农民、体贴农民。他和村民同吃、同住、同劳动，一起干、一起苦、一起累。白天下地干活，主要教给村民果树管理的实践操作方法和技巧。晚上则把村民聚集到村委会或者小学教室里，集中讲授林果科技知识。

经李保国培训出来的农技员正在给村民讲解核桃树管理知识

他手把手地在岗底培养出了杨双奎、梁国军，在前南峪培养出了郭俊刚、郭双群，在绿岭培养出了高胜福、陈利英，在临城南沟村培养出了安金柱、安书军、安文生、郝力田、霍老五等数不胜数的“技术把式”和“农民果树专家”。这些“土专家”都成了引领一方果农致富的带头人。

“如今，太行山的乡亲们富了，而李保国走了。果农们遇到难题正欲向他请教时，他却悄无声息地说走就走了。以后，果农们去找谁啊？”高胜福送别李保国后，一时难以摆脱悲伤，心里沉闷，焦躁不安。

这天，高胜福和李保国的研究生顾玉红来到李保国曾在绿岭公司居住的宿舍，悉心整理李老师的遗物。在床头上发现了一件破旧的大袄，当高胜福看到那一个个缝补的裂口时，再也抑制不住内心的苦楚，两行眼泪潸然而下，滴在了那件大袄上。

高胜福坐在床头，把那件大袄郑重地叠好，搂在自己的怀里，他低下头，嗅到了李保国身上熟悉的气味，那是泥土的芳香，夹杂着草木林果的原始气息和一股掩盖不住的汗味。

高胜福忍不住泪水，号啕大哭起来，双手紧紧地搂抱着大袄，手背的青筋都暴凸老高。他仿佛又一次和李保国拥抱，可斯人已去，他留在绿岭的衣物唯独这件大袄！

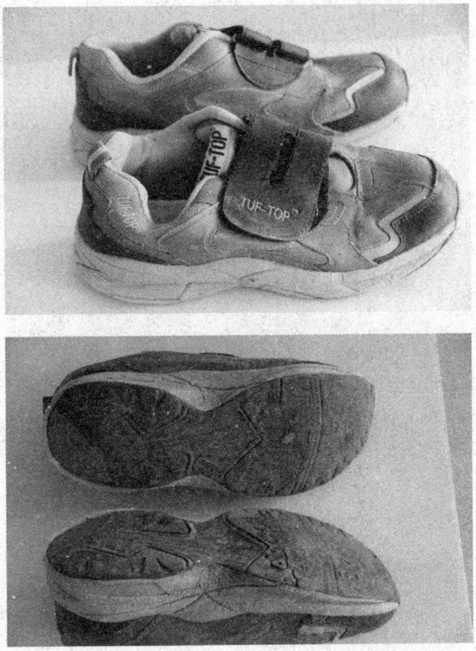

李保国穿过的鞋子

高胜福猫腰瞅瞅床底下，又发现了两双李保国穿过的旧鞋，一双是灰色的运动鞋，一双是蓝色运动鞋。两双鞋的底子都已经开胶，张开了“蛤蟆嘴”，鞋帮上的线也断开了，鞋带已变得乌黑，鞋底本是耐磨胶制成，但都已布满了大裂纹，凸起的胶纹都被磨平了。脚掌处磨得最厉害，薄得几乎透了，这是他常年开车用双脚踩离合、刹车和油门的缘故。那双灰鞋的脚后跟外侧都已剥落了半块，鞋底中部沾满了泥土，厚厚的一层腻在曲折的花纹里，如果不用手抠，仍然掉不下来。这两双旧鞋，实际已经坏了，不能再穿。可李保国生前就穿着这样的鞋，踏遍了狐子沟的每一个角落。

高胜福记得，当他将李保国的遗物拿到郭素萍眼前时，郭素萍颤抖着双手，抚摸着大袄上亲手缝制的针脚，唏嘘啜泣，无语凝噎。当她看到这两双鞋时，她双手掩面，捂着一双泪眼趔趄着在屋子里来回地转了好几圈，最后从墙角的一个纸箱里抽出一个苹果纸袋，轻轻地打开，然后用手把粘在鞋底的泥土，慢慢地抠下来一把，装进了纸袋，她抖动着折叠住封口，双手用力地按一按，装进了自己的衣兜。

顾玉红在墙角里发现了手提袋里装着的几个核桃，那是李老师带来的早实薄皮核桃的新品种标本。这不仅仅是几个核桃，这是李保国带领绿岭人17年来拼搏奋斗的致富梦啊！想到这里，顾玉红泣不成声，李保国老师当初带领她们在绿岭的荒岗上风餐露宿，艰苦创业的往事历历在目，浮现眼前。

十七八年前，位于河北临城县城北李家韩岗上的狐子沟是一片乱石堆积的荒岗。高胜福注册成立绿岭公司，梦想把这荒岗拿下搞林果种植，实现绿化和经济双收益。可狐子沟一无土二无水，地质学上称这种地貌为洪水冲积多砾石岗地，地表无植被，下场雨就都顺着狐子沟流走了。高胜福面对这片连草都长不好的不毛之地，焦虑万分，束手无策。

经人介绍，他请来了李保国，可刚见第一面就大失所望。眼见这个脸色黝黑的人，一身穿着土不拉几，哪是大学教授，分明是个农民！高胜福当初抱着怀疑态度，对于李保国说“狐子沟只适合种核桃”的说法并不认同。高胜福的想法是建成一个“百果园”，但李保国坚决反对。

高胜福不服气，就背着李保国偷偷地种了一些石榴、樱桃、李子、冬枣、桃树、杏树、甜柿子等，结果都没有种好。后来，高胜福专门向当地的老人咨询，得知老辈子时候，这里还真长过不少核桃树，只是后来都被毁掉了。高胜福惊讶万分，李保国咋这么“神”呢？这里百八十年前就有核桃树，他能知道？

实践证明李保国是用科学的态度、科技的方法、严谨的作风以及对市场的洞察，非常负责地为狐子沟进行规划和技术指导。

就这样李保国为绿岭正确把握了发展的方向。高胜福也彻底了解和熟悉了这位知识渊博的“农民”教授，认为他很有主见，是个干实事的人。

说干就干。李保国带着课题组数月穿梭在乱石荆棘中，选取了86个样方，细查植被、土壤和水土流失状况，确立了“聚土集水”的开发策略，决定选种早实薄皮核桃。

万事开头难，有了开头把事做好也不易。传统的核桃栽种方法是“三埋两踩一提苗”，可用这种方法核桃的成活率只有40%。看着死掉的树苗，农民心疼得直抹泪。李保国仔细研究后发现，用老法子栽种，浇水后树苗不易吸收水分，自然难活。于是，他发明了一种新方法，先把水灌进去，再用土掩埋，这样水分不易流失。这一创新将树苗的成活率陡然提高到了95%以上。

核桃苗成活率问题解决了，可传统核桃种植收益并不理想。这种传统核桃树一般需要8年时间才能挂果，就是到了盛果期，亩产上百斤就算不错了，而且不仅不好剥皮，出仁率还不高。

李保国经过研究分析，发现现在绝大多数地方种植的核桃，品质差、品种杂，不能适应核桃品种化种植推广。好品种和差品种花了同样的钱、费了同样的劲、耗费了同样的资源，产出的核桃数量不一样、品质不一样、收益更不一样。因此，要想把产业做好，选育优质核桃新品种的工作刻不容缓。“这是科学工作者的责任，也是惠及整个社会的大事。”李保国自发而主动地承担起这项重任。于是，他在绿岭公司开始了艰难的核桃新品种实验攻关。

绿岭公司刚刚创业时，条件非常艰苦，荒山野地中盖了5间窝棚式的小房，冬不遮寒，夏不避暑，冷起来室内温度可达零下十几摄氏度，热起来时高温能蹿到四十摄氏度以上。而李保国一来就要求同大家一起居住，这使高胜福觉得很过意不去。对一个城里来的大学教授，安排他住在县城宾馆，好吃好喝好招待，每天派车接送，理所当然符合社会现实和人情世故，可李保国坚决不同意。

他说：“我不是来享福的，住在城里耽误时间，还不能掌握第一手资料，我就住在现场。”就这样，他住进了一间不足15平方米的小屋里，既是宿舍，又是办公室，还是放置农机具的仓库。吃饭时，李保国和员工们一起随意捡个角落，圪蹴着在地上啃硬馒头，弄得绿岭人过意不去，高胜福就张罗着给他炒一个菜，可李保国根本不吃，早把吃完饭的空碗朝锅台上一撂回宿舍去了。

面对高胜福的热情，李保国反倒劝说：“咱们创业艰难，条件不好，吃饱不饿就行了。”当时，绿岭公司有些员工对艰苦的环境还有一些抱怨，尤其是一些刚参加工作的小青年更是有想法，可当他们看到李保国这样的大教授，比大家起得都早，睡得还晚，同样吃苦受累，很受感动，没有一个人再吐怨言。

李保国还经常鼓励绿岭的小青年们："你们想象一下，咱们大家亲手把荒山秃岭改造成满目苍翠的青山绿岭，那将是多么美好的事呀！小伙子们，铆劲儿干吧！"

后来，这就成了"绿岭"名字的由来，这简单的两个字也成了绿岭公司全体员工为之努力拼搏的梦想和方向。

随着绿岭公司的事业发展，规模扩大，实力增强，高胜福提出来请李保国在企业管理上参与进来，以技术入股的形式分占一些股份，可被李保国拒绝了。他生就一副古道热肠，但也很"冷峻""霸道"。跟企业合作，李保国总会事先"约法三章"：企业的钱一分不收；但你必须听我的，给我干成事；而且，坚决不做一把手。坚守这样的"底线"和"边界"，李保国有着自己的考虑："如果一领办企业，精力就不能全放在推广上了。我就负责出技术、找思路，经营业务由他们负责。"

平时里，李保国不吸烟、不喝酒，生活简单而随意，能吃苦，为了事业，不惜牺牲个人和家庭的幸福。

刚到前南峪时，李保国和妻子带着才1岁的儿子，顾不上照顾他，天天在沟里搞试验，天天去山上进行观测和调查，弄得孩子光想回去。

因李保国在前南峪搞的是"小流域治理"项目，村民都给他的儿子起了个小名叫"小流域"。"小流域"一个人在家憋不住，经常跑到村子里跟同龄的小伙伴们一起玩耍，整天灰头土脸的，一张口就是本地的"山筋话"，全然成了一个山里娃。

李保国妻子郭素萍回忆说："有个事到现在提起来我都难受。有一次，学校领导开车去山里看我们，人家要走的时候，我们儿子李东奇待在人家车上死活不下来，哭嚷着要回保定，要上幼儿园。孩子怎么哄也不下来，最后我只好硬把哭成泪人的儿子拖拽下来，可人家车要走时，孩子还用力地想挣脱我去追赶，我紧攥着他的胳膊不敢松一下，就这么眼巴巴地看着车一直走远。到现在我也觉得对不起孩子。"

后来有记者采访李保国，说到这里时，问他："你儿子后来有意见吗？"

李保国想了想，有些伤感地说："意见他肯定是有的，他埋怨我们只顾工作不顾他。但那是工作需要。我们想把山治好，可当时这里面的自然规律我们还不了解，要摸索怎么把它治好，首先得找规律，就需要住到山里。越下雨我们越要观测水土流失规律，越到冬天我们越要了解树能长不能长、怕冻不怕冻。这就得有所舍取，没有选择的余地。现在想想，对孩子、对爱人，我都觉得相当愧疚。"

接着，李保国又说："但是不这样我们也干不成事。我觉得，对我个人而言，这点苦倒不算什么。对我们这一代人来说，吃苦受累都不是问题，要是一事无成，我才觉得有点不合适。"

一直到李保国去世，他基本上都是处在"行走"的状态，一直行走在太行山区，行走在群众的致富之路上。在很多时候，李保国一进宾馆，头一件事就是洗澡，其爱人郭素萍还会从车上抱下来好几天攒的一大堆脏衣服，趁这机会赶快在宾馆给他洗洗……

郭素萍回忆起这些往事时，泪水涟涟地说："我和保国一起工作，一起经营我们的家，但不同的是，我们有三个家，一个是城市的家，在河北农大家属院；一个是山里的家，在各个帮扶基地；还有一个流动的家，就是常年穿行在山地和平原之间的那辆越野车……"

李保国和郭素萍在他们流动的家——汽车上

整理李保国的遗物，一张行程表让河北农业大学党委副书记饶桂生深受震撼：从今年1月到4月10日去世，101天时间里，李保国62天在出差，行程达7860公里。

"他是出了名儿的'老黄牛'，平时在小区里很难看到他。"李保国30多年的老校友、老同事62岁的黄金祥说，“他舍不得休息，把所有时间都花在了工作上。”

3月7日下午，李保国一家在平山参加了省妇联举办的一个活动，儿子、儿媳特意带着不满5岁的孙子李泽臣从保定来到现场。一见到爷爷，李泽臣马上趴在爷爷肩膀上，黏着不下来。郭素萍说：“平时老两口差不多二十多天一个月才能回趟家，这样合家团圆的机会，很难得。”

这时，一向专注事业到了“不近人情”程度的李保国，也终于露出了温柔的一面。被主持人要求对家人说句真心话时，他显得很不好意思，可最终还是“挤”出了自己长久以来积在心底的愧疚：“老婆、儿子，我爱你们，但是我顾不上管你们。对不起。”

2016年4月18日上午10点，邢台市委隆重举行“太行新愚公”李保国先进事迹报告会，这是在李保国去世之后，河北省内首场关于李保国同志的先进事迹报告会。

邢台市委举办的李保国同志先进事迹报告会

举办该场报告会旨在贯彻落实省委书记重要批示精神和省委关于向李保国同志学习的决定要求，集中宣传李保国同志先进事迹，推进全市“两学一做”学习教育扎实开展。邢台市委书记张古江出席会议并讲话。在邢台的其他市委常委，市人大常委会、市政府、市政协领导班子成员，市法院院长、市检察院检察长，均出席报告会。河北农业大学党委常委、副校长马峙英率河北农大有关负责同志到会聆听报告并发表讲话。市委常委、组织部长田金昌主持报告会。

本次报告会筹备期很短，市委组织部专门利用3个昼夜制作了一部《魂归太行——“太行新愚公”李保国在邢台》电视专题片，在报告会前进行了首次播放。片中一个个场景，感人至深，李保国教授的身影，每一次出现在眼前，都令在场与会人员感动不已，纷纷垂首拭泪。

报告会上，河北农大林学院教授、博士生导师、“太行山道路”课题组成员齐国辉，邢台县前南峪村党委书记郭天林，内丘县岗底村党总支书记杨双牛，河北绿岭果业有限公司董事长高胜福，河北至高点农业科技有限公司董事长周岱燕，邢台市林业局林业工程师、李保国同志的研究生代表施丽丽，从不同角度，回忆了李保国“真心为老百姓干事，真心把科技当生产力”“用生命染绿荒山野岭”的为民情怀、高尚品格和奉献精神，回顾了与他工作和生活的方方面面，完整地展现了李保国同志事业发展轨迹，再现了一个个生动感人的情景，感人至深，催人泪下。会场秩序井然，无一人走动和私语。与会同志个个怀着十分沉痛的心情，卑恭端坐，一动不动地认真聆听报告。

高胜福在做报告时，泪流满面，不时哽咽。他中间停顿了一下，从随身携带的一个大手提袋子里，取出一件用塑料袋包裹的衣物。定睛一看，不是别的，正是那件大袄。高胜福为了客观真实地展示李保国形象，为报告会做了精心的准备，他专门把李保国的这件大袄带到了现场。

他小心翼翼地把大袄取出来，轻轻地展开，双手提着双肩，让大袄自然垂下来。

“这是在整理李老师遗物时，发现他经常穿的一件大袄，你们看看，这袖子磨破了，这胳膊上都是豁口子……”

“这件破旧的大袄陪伴着李老师，把我们狐子沟的荒山野坡变成了万亩薄皮核桃基地……”

高胜福恭敬地提着那件大袄，在台上声泪俱下地讲述着李保国在绿岭公司治理荒山、使农民致富的感人事迹。当他再一次小心翼翼地叠起那件大袄时，会场突然爆发出雷鸣般的掌声，几乎在场的每个人都忍不住流下了热泪，默默擦拭。

高胜福在报告会现场展示李保国的大袄

李保国的离去是河北农业科技事业和邢台农林事业发展的重大损失。他在为当地留下科技、产业、绿色、富裕的同时，也为人们留下了宝贵的精神财富，邢台人民将永远铭记。

邢台市各级党组织、广大党员干部和科技工作者正在认真开展向李保国同志学习的活动，迅速在全市掀起践行“两学一做”、争当李保国式优秀共产党员的热潮。

向李保国学习，就是要学习他信念坚定、牢记责任，始终对党忠诚的优秀品格；学习他心系群众、奉献百姓，让乡亲都富起来的为民情怀；学习他勇于创新、精益求精，将工作做到细致精致极致的科学精神；学习他生命不息、奋斗不止，为党和人民的事业献出全部心血的奉献精神；学习他淡泊名利、坦荡无私、高尚纯洁的人格风范……

马峙英表示，河北农大将认真研究，充实和加强李保国老师生前所带领的科研团队，继续深化与邢台市及各县市区的全面合作。农大广大师生将与勤劳智慧的邢台人民一道，为建设“经济强市、美丽邢台”继续贡献力量。

目前，在开展向李保国学习活动的过程中，邢台市新闻界、文艺界正以专题片、通讯、报告文学、话剧等多种形式，全方位、多角度宣传李保国同志先进事迹；

以政府、企业共同出资方式，设立李保国科技奖励基金，用于奖励为邢台发展作出突出贡献的科技人才，让其精神永久传承；

依托内丘县岗底村富岗科技馆，建立李保国纪念馆，永久保存李保国同志的生平事迹文字及影音资料；

将李保国先进事迹列入全市农村干部培训学习内容，促使广大基层干部在基层一线带领群众脱贫致富，建设美丽乡村……

报告会结束后，高胜福又亲手携带着李保国的那件旧袄回到了绿岭，他暂时又把它放回到李保国曾经居住的那间宿舍。

他多次悲痛地念叨：“看见李老师的大袄，就仿佛见到了他的影子，李老师好像根本就没有走，依然活在我的身边，活在绿岭。”

“看到李老师的两双坏鞋，就好像听到了他的脚步声，绿岭永远是他的家！欢迎他归来。”

绿岭人想为他修建一座“衣冠冢”，把那件大袄和两双坏鞋埋在墓中，但又眷恋不舍。

绿岭人也想为他建座纪念馆，把那件大袄和两双坏鞋永远珍藏在橱柜中，永久展示给自己的子孙后代，让后辈们永远铭记这位大恩人，是他改变了家乡世世代代的贫穷和落后。

这里的每一棵核桃树都是他的化身，绿岭人将继续竭力呵护和精心培育，让他的精神和灵魂在这里继续生根，发芽，开花，结果。

第八章 永远的“老山人”

李保国不愧为科技专家，对当代高科技通信技术接受和应用，既快捷又娴熟。

他在手机上开通了自己的微信，昵称“老山人”。这个名字像太行山上的石头一样，透着朴实和执着。李保国一辈子治山、绿山、富山，跟山打了一辈子交道，他真有一股子山里人的犟劲和韧劲，真是名如其人、名副其实的“老山人”。还有一层意思，就是他希望自己永远是一个山里人。

他还建立了微信群，“朋友圈儿”里主要是他和他的硕士生、博士生弟子们，群昵称“桃李之家”。

李保国作为河北农业大学的二级教授、博士生导师，从教35年来可谓桃李满天下，而他除了在校园里培育学生之外，在太行山上也带着自己的弟子们，三十多年躬耕不辍，广育桃李，把数不清的荒山秃岗都改造成了绿色农庄和林果基地。

2015年，李保国57岁。再过几年，他就该退休了。

妻子郭素萍时常为他透支的身体揪心，早盼着他快点退下来。说实话，三十多年来，活泼、开朗的郭素萍从没像农大的其他同事一样，跟自己全家能消消停停、快快乐乐地到一个旅游胜地休闲畅玩过一次，旅游对她来说简直就是一种奢望。李保国曾许诺于她，等闲下

李保国家里的书柜中除了书就是药

来与她一起报个团儿，抽出几天时间正式陪她出去好好地玩一遭。

可李保国始终未能闲下来，郭素萍也始终没能等到那一天。

李保国生前，曾有记者在随他进山的路上问他：“想过以后再做点儿什么，过什么样的日子吗？”他却回答：“我已经习惯了山里的生活。到时候，也许就和老伴儿找个小山村住下。”

李保国开着车飞快地奔驰着，盘桓着，在太行山里的山路上不时地拐过一道道弯坡。

山峰、村庄、苹果树、板栗树……纷纷在车窗外闪过。

“我愿做太行山上一棵树。”李保国双手紧握一下方向盘，轻踩一脚油门，车在山路上飞驰起来。他不时地凝视一下窗外飘过身后的山坡。那是一道在他心头流淌不息的绿色风景，是他心底的挚爱。

“我的根，永远扎在这里。”李保国仰起头来，眨了眨眼睛，黝黑的脸颊上浮出那熟悉的憨厚的笑意，随着车子在山路上颠簸，荡漾着，荡漾着……

2016年的春天来了，太行山的沟坳里，山路旁，到处都泛起了娇嫩的翠绿，果树新吐的嫩芽和枝叶，鹅黄般清新悦目。如同山水画家不断创作和更新修改的作品，隔一天就变换一个模样。一座座小山丘就是绿色的波浪，起起伏伏，漫延无边。

一年之计在于春。这个春天同往年一样，李保国的脚板和他的车轮子做伴，几乎天天奔波在路上。

4月8日上午，李保国从顺平赶回保定。此时，58岁的李保国已经一个多月没有好好休息了。

本来，这次省科技厅在顺平举行的山区开发会议，有同事劝他可以派别人去，但他却说："不行，这会我得去。"因为他事必躬亲的作风和责任心，使他一刻也不能摆脱对山区开发的整体科技规划和一个个具体科研项目的全身心的投入和牵挂。

一个多小时的山路赶回来，他来不及休息，就立刻召集课题组成员开会讨论，为第二天在石家庄召开的"2014~2015年河北省科技支撑计划中的河北省山区苹果产业技术创新与示范体系建设""河北省山区核桃产业技术创新与示范体系建设""河北省山区特色杂果产业技术创新与示范体系建设"等3个项目的验收会做最后的准备。

讨论一直从上午延续到中午，又延续到了饭桌上。草草吃一口，他也没顾得午休，一直研究讨论到下午3时，一结束，他就自己驾车，带着部分课题组成员奔赴石家庄。

以往，只要是出差时，他的身边总是伴有20年的助手，同为河北农业大学博士生导师的齐国辉教授。齐国辉也会开车，一路上可以替李保国开会儿车，缓解一下他的驾驶疲劳。可这次因为工作另有安排，齐教授已经带队提前出发了，身边没有其他会开车的人来替他一下儿。

随行搭车的同事们都知道他连日奔波，十分辛苦，都劝他别再亲自驾车，最好从学校找个司机。

李保国笑笑说："没事儿，跑过多少山路了，去趟石家庄算什么。"

其实，很少有人知道，河北农大曾考虑到他长期出差和下乡需要，在很早之前就要给他配一名专职司机，可他却婉拒了学校的好意。

"还是自己开车好，方便工作，说走就走。何况我天天上山下乡，跟着我太累了，铁打的司机也受不了啊。"李保国总是挂念着别人的辛苦和感受，却从来没有考虑自己。

下午5时抵达石家庄，李保国就立刻叮嘱课题组成员们为第二天的科技项目验收会做最后的准备，自己则见缝插针地忙活其他科研项目。

等李保国忙碌完之后，已近晚上10时了。他仍不放心地敲开课题组成员的房门，一个环节一个环节反复确认——

“明天的签到表做好了吗？”

“验收表做好了吗？”

“投影仪准备好了吗？”

……

当一个个问题得到肯定的答复之后，李保国才放心地回到房间休息。

李保国干工作马不停蹄，却又认真细致。他身边的同事和学生们都说“受益匪浅”。而他就是这样一点一滴地给弟子们传授科技知识，一个细节也不放过。这些富民技术经过他和弟子们的传递，最终受益的是山区的果农们。这些技术好似有了灵魂的生命一般，永久传承和延续着，造福着太行山的父老乡亲。

李保国一觉醒来，转眼已是翌日，4月9日。

4月9日是周六，科技项目验收会从早晨开始，一直到接近中午才结束。同事们返回保定，他和妻子郭素萍却留了下来。他俩还要去一趟河北省农林科学院果树研究所，参加一个有关果树节水灌溉项目的会议。他一再强调说“这个项目很重要”，因为它关系着产业发展、农民增收，而这些，恰恰是他三十多年来最关心的问题。

匆匆吃过午饭，妻子郭素萍心疼地劝道：“你休息15分钟后再出发吧。”

不料，李保国却发火了：“时间提前定好了，我可不能迟到，让人家等我吗？”他边说边上车，一脚油门就汇入了大街的车流之中。

会一直开到傍晚，李保国和妻子商量不在石家庄逗留，便连夜匆匆忙忙朝保定返。

其实，李保国原本还想去一趟平山的李家庄，因为那里有他负责的生态观光产业规划，果园新栽的果树刚刚剪枝、浇水、覆膜。虽然前不久妻子代他去看过，但他仍放心不下。当他在返程中问及此事时，郭素萍劝道：“放心吧，我上次去李家庄的时候，已经给乡亲们把技术要点都讲透了，你不用再去了。”

可李保国还是放心不下，他执意当晚一定拐弯到平山，哪怕是住在平山，第二天一大早也可以到李家庄将现场看看。

郭素萍见李保国还是那么固执，一脸不悦，甚至有点儿愠怒地抬高嗓门道：“李保国同志，我干得虽然不如你好，但也在山里跟你干了这么多年了，你连你老婆都不相信吗？”

李保国借着远处车辆投射而来的灯光，侧视了一下妻子疲惫且稍显愤怒的脸色，不再吭声了。

在郭素萍的印象里，李保国这次被她劝服，实属罕见。

三十多年来，作为李保国的战友和搭档，妻子郭素萍与李保国相随相伴，足迹踏遍了太行山的沟沟壑壑、村村寨寨

李保国沉默许久，便又打开了话匣子：“周一、周二在校给本科生上课，周三去青龙，周四去滦县……”

他像平常一样，又开始一项一项交代妻子着手安排下一周的工作了。

2016年春节之后，李保国开始明显憔悴，熟悉他的人都看得一清二楚。可他仍坚持下乡二十多次，奔走于赤城、平山、南和、临城、行唐、岗底、前南峪……

他的同事们都说，这三十多年，他干了比普通人70年还多的工作。

此时，李保国全然不知他已经踏上了生命的最后旅程。

李保国对郭素萍说：“现在国家大力推进精准扶贫工作，很多地方找来，能坚持多去一个，就不能少去一个。因为，也许多去一个地方，就能改变那个地方老百姓的生活。”大山和农民是他永久的牵挂。

一路上，李保国的手机响个不停，郭素萍一直在帮他接听并为他传话，俨然成了他的秘书。他们这样一对科研伉俪不仅在生活中是幸福伴侣，而且在工作上携手共事，在太行山的扶贫攻坚道路上也结伴同行了三十五载。像今天这样“你开车，我接电话”的默契合作，早就成了他俩在路途上行进时的常态。

此前一天，和李保国同车去石家庄的河北农大陆秀君教授，仍清楚记着当时他接到每一个电话时的情景。让陆教授印象最深的，是一个素昧平生的农民慕名打来电话请他推荐树苗。他询问了具体情况后，当即将一位可靠销售商的联系方式告诉了那位农民，还耐心地嘱咐了他许多种植注意事项。

熟悉李保国的人都知道，他的手机24小时开机，通讯录里超过百分之六十的号码是普通农民的。无论何时何地，每位素不相识的农民打来电话，“老山人”李保国都会耐心地接听解答。

从石家庄回到保定时，天已经黑了。

直到晚上8点15分，他俩才开始吃晚饭。

郭老师告诉我们：“因为工作太忙，每天晚上8点以后吃晚饭是常有的事。”

当天的晚饭是杂豆粥、咸菜疙瘩，郭素萍还特意摊了几张鸡蛋饼。

可李保国吃不下，郭老师好说歹说，他才勉强吃了一张。

郭素萍记得十分清晰，自2016年春节过后，李保国的饭量突然变小了。出差在外，午饭也经常只吃半两米饭、几口咸菜。只有妻子，最亲近的人才知道他的病有多严重。

因为常年高强度工作，李保国早在1998年就患上了重度糖尿病。2007年，又患上重度疲劳性冠心病，经北京多家权威医院诊断为血管弥漫性堵塞，已无法进行常规支架或搭桥手术，只能保守治疗，必须多休息，绝不能疲劳过度。

可李保国闲不下来。他甚至戏言道："让我干下去吧，万一有一天我严重发病，缓得过来就缓，缓不过来就算了……活着干，死了算……"

因为食欲明显减弱，春节后短短两个月时间，李保国的体重就下降了10多斤。大家都劝他去医院看看，他却总推托说"没时间"，还戏称饭量减小是"低能耗，高效率"。

李保国的硕士研究生施丽丽清楚记得，李老师以往虽然疾病缠身，可只要一下村，精神显得比谁都好，走得比谁都快！但在2016年3月9日那天，她跟随李保国教授到滦平示范区实地勘测，因为山路通不了汽车，大家只好徒步爬坡，刚走不远，李教授就在路边轻声叹息："你们先走，我慢一点——爬不动了……"

那时，施丽丽就觉察出李老师难以缓解的疲累，他那一声无奈的叹息岂不正是身体疲弱的征兆吗？

李保国喝完杂豆粥，把碗朝餐桌上一推，就钻进了书房。

书房其实就是他设在家里的办公室。

郭素萍边收拾碗筷，边听到书房里传出一个个电话声。

那一夜，郭素萍忙了一天也很累，她收拾完厨房，便早早地睡下了。李保国在电脑前忙碌了很久，直至深夜才悄悄地躺在妻子身边，很快便沉睡了过去……

大约4月10日2时许，郭素萍被李保国不顺畅的呼吸声突然吵醒……

郭素萍慌忙起身，打开灯定睛一看，发现李保国双眼紧闭，脸色发青，呼吸困难，憋得说不出话来。

在第一时间，郭素萍立刻惊恐地意识到，这是李保国“犯病”了。她一把抱住李保国，摇晃着他的身子并急促地呼唤他的名字：“保国……保国……你怎么啦……快说话啊……”

李保国仍闭着眼睛，呼吸短促，双唇紧闭，想说什么但却说不出来。

郭素萍急得哭出声来，双手颤抖着拨通了120电话……

不一会儿，一辆急救车闪烁着警灯，呼啸而来。这时，儿子、儿媳都赶了过来，邻居们也被惊动了，大家七手八脚地协助医生把李保国抬上救护车，紧急送往距离最近的解放军二五二医院。

在急救室，医生采取人工心肺复苏，毫无转机，转而又采用电击方式帮助心肺复苏……

8分钟、半小时、一个小时……电击持续了许久，可生命检测仪上的心跳和血压一直停滞于零。

李保国再也没能缓过来，没能睁眼看看他心爱的妻子和儿孙，没能给家人留下半句话，就这样在睡梦里突然走了。

经医生分析诊断，李保国因心脏病突发，引起呼吸困难，经抢救无效不幸去世……

李保国就是这样毫不顾及自己早已患有的重度糖尿病和心血管弥漫性病变，只靠服药治疗，并未太当回事，没有接受正规治疗，而且一直带病坚持工作，依然像往常一样开车飞奔在太行山里，从这个村到那个村不停地讲授技术和解决种植难题，生生是被累倒的！

李保国毫不顾及疲倦劳累，不爱惜自己的身体，在太行山区长年累月地躬耕不息，积劳成疾，愣把自己的英年慷慨无私地奉献给了这片山区土地。

10日早，讣告发布，噩耗传出。最快得知消息的各大媒体记者们，首先在网上开始了悼念。突然的噩耗震惊了爱着他、关心他、关注他的所有的人们。

“如果知道他的生命已进入倒计时，我一定把他按在床上好好休息，决不让他四处奔波！”郭素萍平时是个很豁达开朗的女人，此时，她变得十分脆弱了。眼中不停地流下泪水，凄婉地诉说着眼前这阴阳两隔、生死永别的悲伤。

李保国的部分日志本

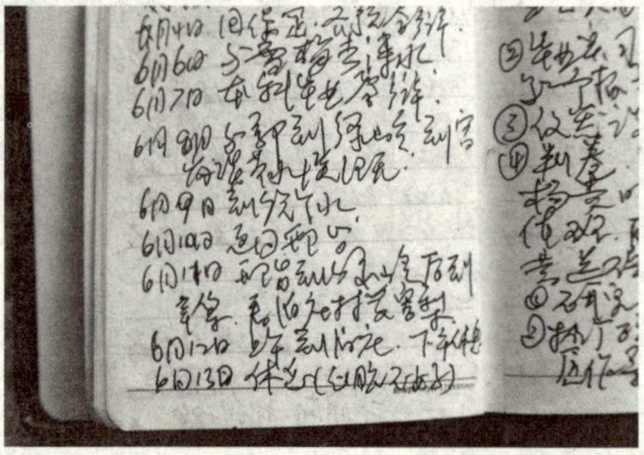

李保国的日志中第一次出现“休息”二字

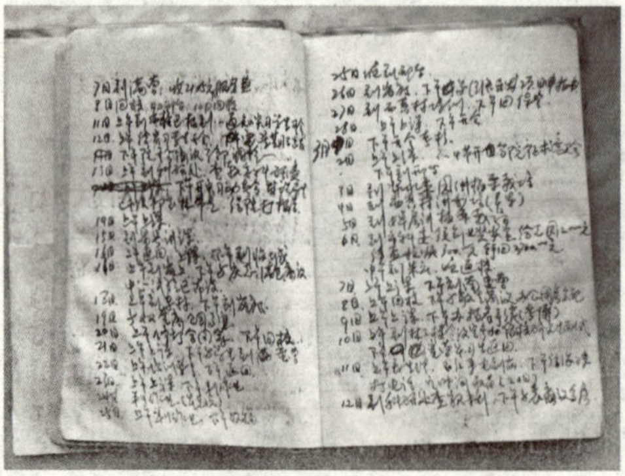

日期连续的出行记录

“4月1日，邢台—南和；4月2日，邢台—前南峪；4月3日，邢台—南和；4月4日，邢台—保定……4月8日，顺平—保定……”学生施丽丽手颤抖着拿着记录下来的李保国4月初的日程表，默默无言，泪水抑制不住，悄悄滚落，打湿了那张表格。

这简要明了的日程表，详细记录着李保国的行程，昭示着他心系农民、情洒太行的赤子之心。

“李教授，你啥时来俺们村指导啊？”在他离去几个小时后，手机里又传出熟悉或不熟悉的邢台老乡的声音，那些不知噩耗的农民兄弟，还在期盼着他的帮助。郭素萍不忍心将手机挂断，但也无力来作任何回答，她把手机缓缓递给了李保国的助手齐国辉，齐国辉接过手机，擦干眼泪，走出屋门。

当齐国辉把真实消息传递

过去后，电话另一端瞬时静默了，之后，便传来悲痛的哭喊声，那是邢台老乡的悲泣之声，声音很大，像是打开了免提。

齐教授一直等着邢台老乡把电话挂断之后，才缓缓地回到屋里。

李保国真的走了？！

李保国在与邢台市南和县“中国树莓谷”产业园董事长周岱燕通完最后一个工作电话后，只睡了两个小时，就再也没有醒来。

他的手机还是响铃不断——那些还想向他咨询果树种植技术的太行山老乡们不知道，那热情又利落的声音，他们再也听不见。

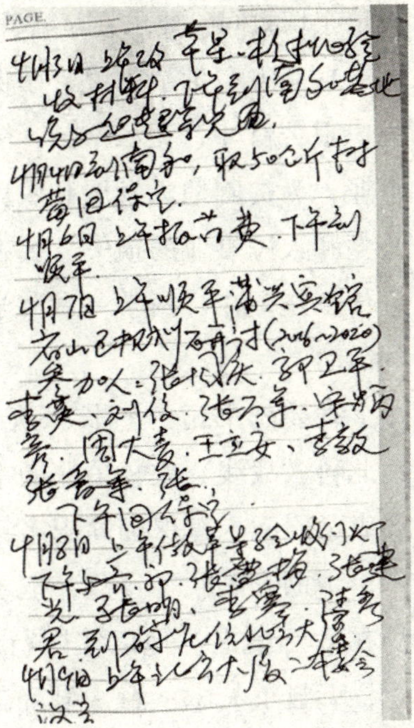

直到去世前一天李保国的行程都是满满的

他的电脑里，还有没写完的论文；他的办公桌上，没完成的农业项目规划和正在批改的学生作业依然静静摊开着，然而，它们都等不到了，等不到那个见缝插针的人了，等不到那个字斟句酌的人了，等不到那个出了名的严厉的人再回来了……

一定是李保国太累了，想歇歇。

是的，他是该歇一歇了。他来不及告别，就把一身疲惫和劳累抛却，匆匆而去，未曾留下半句话。

2016年4月10日凌晨，阳光依然灿烂，春风依然和煦，姹紫嫣红的春花依旧，而李保国却悄悄地走了。他又去看他难以割舍的太行山了，他又去看那漫山遍野的果园了，他又去看他相濡以沫的老区乡亲们了……

河北省委书记、省人大常委会主任赵克志得知李保国同志逝世的消息，第一时间作出批示，对其不幸逝世表示沉痛哀悼，并向其家人表示亲切慰问，要求在全省开展向李保国同志学习的活动。

赵克志在批示中说，李保国同志是时代楷模，对党忠诚，心系人民，艰苦奋斗，无私奉献，三十多年扎根太行山，研究推广农业科技事业，为贫困地区发展和农民脱贫致富作出了卓越贡献。他的去世，是党和人民事业的损失。要在全省做好李保国同志先进事迹的总结和宣传工作，在“两学一做”学习教育中，大力开展向李保国同志学习的活动。

省委副书记、省长张庆伟也作出批示：李保国教授的去世，是河北科教战线、农林事业的重大损失，倍感悲痛，深切哀悼，并向家属表示慰问。李保国同志多年扎根山区，研发林果品种，推广科学技术，帮助农民脱贫致富，把才学抱负根植于燕赵大地，把毕生心血挥洒在太行山上。他以实际行动践行了胸怀群众、一心为民的宗旨观念，彰显了矢志不渝、艰苦奋斗的崇高品格。全省科技、教育、农林战线，要学习李保国同志的先进事迹，传承他的优良作风，弘扬他的奉献精神，在建设经济强省、美丽河北的新征程上，努力作出新的更大贡献。

李保国1981年大学毕业后留校任教，主要从事山区开发与经济林栽培技术研究推广工作。三十多年来，李保国扎根太行山区，立志做“太行新愚公”，把自己最好的论文和科研成果写在太行山上，镌刻在山区人民群众的心中。他每年在山里“务农”的时间超过200天，先后完成山区开发研究成果28项，建立了太行山板栗集约栽培、优质无公害苹果栽培、绿色核桃栽培等技术体系，培育出多个全国知名品牌，实现山区农民增收28.5亿元，走出了一条经济、社会、生态效益同步提升的扶贫新路。

近年来，李保国矢志不渝扎根山村引领农民脱贫致富的先进事迹在中央、省、市各大媒体都做过多次重点报道，几乎家喻户晓。

作为“邢台市荣誉市民”，李保国突然去世的噩耗传来，邢台上万名群众纷纷自发组织悼念活动，缅怀这名带领邢台西部山区群众脱贫致富的“太行新愚公”。

临城县城向北的浅山丘陵上，有一眼望不到边的核桃林。这就是李保国教授倾力打造的河北绿岭果业有限公司核桃种植基地。4月11日上午8点半，绿岭公司全体员工、周边村民、核桃种植大户等500多人聚集到绿岭广场，为李保国举行追悼会。河北绿岭果业有限公司总经理高胜福于前一天上午前往保定李保国的家中吊唁和慰问后，当晚又匆匆赶回。

“李教授是我们的恩人，走得那么突然，我必须第一时间赶过去，看看家里有什么需要帮忙的。”高胜福动情地说。

高胜福满含热泪念追悼词，众人鞠躬默哀，沉痛悼念李保国教授。

悼念仪式结束后，高胜福满含热泪说道：“从1999年至今，李教授曾经走遍了绿岭基地的沟沟坎坎，对这里的每一寸土地、每一棵树木都十分熟悉。在李教授的技术指导下，绿岭公司把小核桃做成了大产业，带动了全县发展薄皮核桃种植20多万亩，涉及138个村1万多农户，可以说，没有李保国教授就没有绿岭核桃，就没有临城的核桃产业，就没有邢台市乃至河北省的千万亩核桃产业带。”

“李教授虽然走了，但他的拼搏实干的精神永存。我们会以他为典范，坚定不移地抓好核桃产业发展，让太行山区更绿，让农民的致富路越走越宽。李老师，一路走好!”说着话，高胜福擦擦眼泪，凝望着李保国的遗像，拱手作揖，并垂首弯腰再次深深地鞠上一躬。

“李老师为太行山区脱贫倾注了全部的心血，尤其是在核桃方面起到了里程碑的作用，依托绿岭公司为基地，辐射带动了整个太行山核桃产业的发展，提高了当地的经济收入。”曾是李保国的学生，现为绿岭公司技术总监的陈利英悲伤地说，“2007年李老师就查出患有疲劳性冠心病，中间闹过两次心梗，我们都劝他多歇歇，但他说，人活着就得有事干，没事干，不就精神空虚吗？李老师一刻也不停息地奔走在山区里。没想到，李老师就这样突然离去了，我们失去了一位好老师，痛惜啊……”陈利英泪眼婆娑，哽咽着说不出话来。

4月11日10时，内丘县悼念李保国教授的追悼会在岗底村村民活动中心礼堂举行。

“听到李老师去世的消息，好多村民都哭了，为失去一位好专家而惋惜。”岗底村党总支书记杨双牛哽咽着说。在村民们心里，李保国早就是他们的亲人了。

杨双牛请好朋友、河北日报驻邢台记者站站长刘秀礼来写悼词。可这位跟踪采访了李保国20年，写过关于李保国的120多篇采访报道的“名记者”“大记者”却被“难倒”了。搁在平日，无论什么稿子他都是信手拈来，可此时他的脑子却一片空白，一时转不过弯来。他依然觉着李保国还活着，睁眼闭眼，站在他的面前。400来字的悼词，竟写了4个半小时。两页洁白的稿纸变得皱皱巴巴，上面改了一处又一处，泪水把墨水浸染的一摊又一摊。

岗底村悼念李保国现场

李保国每年在山里“务农”的时间超过200天，帮助岗底村建立了优质无公害苹果栽培等技术体系，培育出了“富岗”这个中国驰名商标，创造了一个苹果卖到100元的果品“神话”，成为河北名片、奥运专用果品，走出了一条经济、社会、生态效益同步提升的扶贫新路。

今天，岗底人看到李保国的照片，耳边就像听到了他给他们讲课的声音。李老师扎根岗底20年种果树的情景历历在目。“我们不能忘记，李老师心系岗底村民，把他的毕生精力奉献给了岗底人，我们的果园里、钱袋里，都饱含着他的心血和汗水。”杨双牛双手轻拭一下脸颊，继续说起来。

岗底村村民梁国军1997年中学毕业后，就回村参加了劳动，也就是从那时候起，李保国开始手把手地教他种果树。4月5日，因为果树叶的生长形状问题，他刚刚通过微信咨询了李保国教授，并很快得到答复。“按照李老师教的方法刚治好了叶病，可李老师却走了，这以后可咋办？”梁国军在悲痛中似乎又增添许多茫然。

“清明小长假，李教授就没有休息，4月3日、4日，他还工作在邢台，谋划岗底的太行生态大花园、苹果袋、苹果深加工项目，没想到这才四五天工夫，我再也见不到李教授了。我觉得，李教授就是累倒的。”杨双牛凝视着墙上悬挂的与李保国的一张张合影，唏嘘不已。他得知李保国去世的消息后，也在前一天立即赶赴河北农大吊唁并协助李教授家属料理后事。杨双牛的嗓子这两天突然哑了，低声说，在保定还见到了不少来自市林业局、市科技局等单位的邢台老乡。

“除了政府部门，邢台还不知有多少老百姓都认识李老师哩，他对邢台的帮助简直太大了！”杨双牛瞪着那双布满血丝的红肿大眼，用力抬高嗓门，反而气竭声嘶，沙哑得更加厉害了。

“李保国教授用科技帮助前南峪脱贫致富，30年如一日扎根太行山，他为前南峪人民作出的贡献，大家永远不会忘记。”邢台县浆水镇前南峪村党委书记郭天林说，李保国教授从来不摆架子，群众特别愿意听他讲技术，全村人都把他当成自己家人。

“听说了李教授的消息，真是太突然了。”前南峪村党委副书记郭高升说，他和不少村民通过朋友圈，沉痛悼念李保国教授，村党委书记郭天林、村主任郭双群及部分村民代表已经商定，12日一早去保定参加遗体告别仪式，代表全村村民送李保国教授最后一程。

云幕低垂，太行肃穆。

4月12日上午，平山县四大班子领导，县直部门、乡镇干部、各界群众及葫芦峪员工共400余人怀着沉痛的心情，自发汇集到葫芦峪百仙坨广场，深切悼念他们的好朋友、好同志、“太行新愚公”李保国教授。

自2009年以来，李保国教授在平山县，把山区“山水林田路”综合治理的技术做成了标准化模块，指导葫芦峪园区连片高规格治理荒山3万多亩，并将现代农业园区与产业化经营体系建设紧密结合，探索出了“大园区、小业主”的园区经营机制，创建了我国太行山区现代农业产业园区建设的典范，得到了中央和省、市的广泛认可。他指导创建的山区综合开发“葫芦峪模式”正在向保定、石家庄、邢台、邯郸和张家口等地的30多个县、100多个乡镇复制推广，届时受益农民将达200多万人。

李保国在他生前4个月内，先后6次到平山县岗南镇李家庄村帮助制订生态观光产业规划，并对规划实施各个阶段进行监督指导，把一颗赤子之心交给了革命老区人民。

平山县委书记、西柏坡管理局党工委书记李旭阳在致追悼词时表示，李保国同志是扎根山区、脱贫攻坚的楷模，在当前平山县脱贫攻坚关键时期，要确保全县4.01万贫困群众如期脱贫，全县党员干部就要像他一样，切实发挥好模范带头作用，带动广大群众奋力攻坚，全面建成小康社会。

4月12日，阜平县举行李保国同志追悼会，各级干部职工、部分林果种植企业、合作社负责人和社会各界群众代表约200人参加。人们清楚地记得，李保国生前对阜平的林果业发展和脱贫攻坚工作给予悉心指导和大力支持。2013年以来，李保国教授到阜平指导核桃生产发展模式的创新改善和技术管理，7个乡镇的820多个自然村都留下了他的足迹。

“他长年累月，风雨无阻，奔走于太行山，播撒希望于田野。他是广大林果技术干部学习的楷模。”唐县林业局高级农艺师李建华动情地说，“作为基层技术干部，要学习他的奉献精神，把先进的适用管理技术传授给果农，不断提高果农的技术水平，促进果品增产、果农增收。”

从内丘岗底到邢台县前南峪，从临城绿岭薄皮核桃基地到平山县葫芦峪现代农业园，从邢台到石家庄、保定，河北各界干部群众纷纷以沉痛心情，自发地为这位“对党忠诚，心系人民，艰苦奋斗，无私奉献”的教授举行悼念活动。

“太行绿了，可您却走了！这里的农民舍不得您，太行山舍不得您！”

河北农大师生送别李保国

李保国教授逝世的噩耗，不仅震惊了河北农大师生，也震惊了燕赵太行山区的百姓，引发悼念热潮。几天里，在网络上，上百万人祭奠他，近30万网民在手机微信中为他点亮了烛光，近百万人转发评论，网上点击量超过9000万人次。

李保国英年早逝，是太行山人民的巨大损失。

李保国，河北人民的好儿子！河北人民的骄傲！

太行山人民永远怀念您！

逝者长已矣，生者当勉励。李保国教授走了，但他所做的点点滴滴将长留在燕赵大地，长留在太行山上，长留在当地干部群众的心坎里。

李教授在太行山角角落落里留下的一串串脚印，都幻化为片片绚烂的花瓣。

落红并非无情物，化为春泥更护花。

零落成泥碾作尘，只有香如故。

那飘飞的片片花瓣又幻化成一颗颗圆滚滚的核桃、一粒粒娇艳欲滴的树莓果，一个个硕大香甜的苹果……

茫茫太行山承载着李保国教授对这片土地的无私挚爱和忠贞不渝，他亲手播撒的幸福的种子会茂盛地滋长，富裕太行、美丽太行、幸福太行的梦想和希望，正像花儿一样开放！

4月12日上午9时左右，河北农业大学家属院李保国居所。

省委副书记赵勇同志受省委书记赵克志、省长张庆伟的委托，在保定市委书记聂瑞平和河北农业大学领导的陪同下专程到李保国的家中，吊唁李保国并慰问其家属。

赵勇副书记来至灵堂前，表情肃穆地向李保国的遗像三鞠躬。随后疾步走向缓缓站起身来，还尚未站稳的郭素萍面前，紧紧握住她那双沾满泪水的手，连声劝慰道："请节哀，请节哀。"赵勇的眼眶也湿润了。

稍微缓了缓神，赵勇充满深情地说道："听到李保国同志去世的消息万分悲痛，李保国同志对党忠诚，堪为楷模。他一心为民、不辞辛劳，痴迷创新、刻苦钻研，淡泊名利、无私奉献，拼命工作、夙兴夜寐，其可贵精神是这个时代所需要的，是推动'协同发展、转型升级、又好又快'所需要的，值得全省党员干部学习。要在'两学一做'学习教育中，大力宣传李保国同志的优秀事迹，开展好向李保国同志学习活动。"

由于李保国突然辞世，妻子郭素萍受到很大的精神打击，她一直沉浸在悲痛之中，连日来未能好好休息，身心俱疲，面色憔悴不堪，儿子、儿媳在两侧一直搀扶着她那孱弱的身体，勉强站了许久。

站在一旁的某位领导注意到了这一点，赶忙上前示意赵勇和郭素萍及儿子、儿媳坐到旁边的沙发上来。

这时，河北省教育厅、科技厅、河北农业大学的主要领导都围拢过来，个个神情凝重，肃穆地站在一旁。

“省教育厅、科技厅、高校党组织要多关心像李保国这样的专家教授，关心他们的生活、身体，支持他们发挥聪明才智，转化科技成果，造福广大百姓。”赵勇扭过脸，对站在对面的教育厅、科技厅、高校等领导说。

慰问场景十分感人，听到赵勇副书记温暖朴实的话语，郭素萍和儿子、儿媳都很感动，不住地落泪，但他们极力克制着内心的悲伤，不在赵书记面前哭出声来。

曾多次采访过李保国，并与李保国熟悉的媒体记者也有多人在现场目睹了这一场景。他们有的手持录音笔默默地记录下来，有的掏出笔记本，在上面不停地记录。

李保国教授自4月10日凌晨离世，一大早就有人从各地自发而来，敬送来的花圈、花篮从家中到路边，绵延千米之外。

4月12日，清晨的保定，天空阴沉，仿佛整座城市都在为李保国教授的离开黯然神伤。自8时许，数不清的挂着黑纱挽幛的汽车就一辆辆驶过，花圈上的纸花在春风中簌簌抖动。车里、路上的人们个个神色凝重，通往殡仪馆的道路曾一度堵塞。10时举行遗体告别仪式，来自邢台、石家庄、保定、秦皇岛等地的上万名民众自发前来，就是为了要送李保国教授最后一程。

一个教授的离世为何让人如此关注而感动？

这是太行山民众对他的感恩和敬重，是对一个共产党员的优秀代表和新时期时代楷模的深情挚爱。

殡仪馆内，苍松翠柏环绕，气氛庄严肃穆。

人们早早地来到殡仪馆，连门前广场上也站满了人。

李保国生前挚爱的亲人、亲密的师生、帮助过的农民纷纷赶来。他们胸前戴着白花，拉起“沉痛悼念敬爱的李保国老师”“亲人，我们永远怀念您”等横幅，含泪送行。

邢台县浆水镇农民来送别李保国

没有谁通知，也没有任何人组织。太行山的农民自发地来了，眼含热泪送别他们发家致富的引路人。

邢台县前南峪村党委书记郭天林，1981年就认识李保国，见证了李保国倾心帮助开发前南峪村的全过程。“李老师扎根我们前南峪村，手把手地教会我们许多果树栽培技术。可以说，没有李老师，就没有前南峪村的今天。”郭天林边说，边擦拭眼泪，他努力抑制住悲伤的情绪，嘶哑地说，“今天我是代表全体村民来送送他。”

邢台县浆水村80多名村民一大早就来到这里，他们中的几位代表眼含泪水在路边站成一排，拉起“李老师千古，浆水人民敬挽”的黑幛。

谈及李保国，村民万春路不禁回忆说：“1982年，李教授在俺村里做课题时就住在俺家里……”刚说一句话，万春路就哽咽了。李保国曾在他家住，他常常引以自豪。

“那时俺家的苹果亩产不到2000斤，经过李教授传授技术后，如今亩产达到2万斤以上了，是他让我家的穷日子改变了模样。”他一向敬佩崇拜的李保国教授却突然与他阴阳两隔，这一噩耗难以让万春路接受。他忽然淌下泪水，“李教授为人朴实，能和村民们打成一片，为了俺村的发展费尽了心力。4月2日李老师还到俺们村里讲课呢，这么好的人怎么说走就走了呢？！”说到这里，万春路已泣不成声。

内丘县岗底村党总支书记杨双牛哭着说：“我们还等着您的项目报告呢，说好了的事你没有办就走了。你不是说话不算数的人，怎么这次食言了？”

河北绿岭果业有限公司董事长高胜福难掩悲痛，声音沙哑而低沉地说：“从核桃品种到种植技术，从市场营销到发展规划，绿岭的发展壮大都离不开李老师的帮助和指导。他也不打声招呼就突然走了，绿岭离不开他啊！”

想见音容空有泪，欲聆教训杳无声。

河北农业大学的学生们来了，心怀感激送别他们可敬可爱的老师。“虽然毕业好几年了，但李老师一直关心我们的成长。前几天见面时还叮嘱我要继续学习，提高业务能力。”李保国的硕士研究生施丽丽含着泪说。

她沉默良久，边回忆边说道：“李老师对我们每一个学生的家庭、工作情况都了然于胸，不管谁遇到困难，他都会伸出援手。一直在临城绿岭基地宿舍居住的陈利英，孩子跟着奶奶在农村生活。李老师每次到绿岭公司后都会劝她赶紧在县城买房，把孩子和老人一起接出来住，方便孩子上学，并一再叮嘱她可别把孩子的教育耽误了，如果钱不够他帮着凑。”

陈利英如今已是绿岭公司的技术总监，当施丽丽谈及李保国老师对她的那份关爱时，不禁潸然泪下。她补充说：“师妹郭芳曾告诉我，4月4日那天李老师和她们一起吃饭的时候，还特意把她拉到身边坐，悄悄问她找对象了没有……”

李保国在教学实践中是位出了名的严师，可在生活中，却拥有这般温暖如春的慈爱情怀。一日为师，终身为父。在他眼里，这些学生就是自己的孩子。在学生们眼里，也早已把他当作了父亲……

告别仪式上，李老师带过的60多个硕士生、博士生，除了几个在国外的和生孩子的，都来了。

“李老师，我们舍不得您。”在送行的队伍中，还有许多李保国生前并不熟悉的学生。河北农大林学院2013级本科生刘亚斌说，很多同学刚进大学校门时，对林学专业不太了解，甚至有些失望。正是在李保国教授先进事迹的感染下，才坚定了学习林学的信心。“听到李老师去世的消息后，我们都自发前来悼念，想再看一眼这位好老师。”

“李老师，你永远是激励我们前行的榜样！”松柏下，哀乐中，大家表示要用实际行动告慰李保国教授。或许，天堂不会再有那么多荒山需要开垦，也不用再那么奔波劳苦。

“不能忘记李老师对岗底的好，更不会忘记他对岗底的希望。”杨双牛表示，他们将化悲痛为力量，传承李保国一心为民、无私奉献的精神，把岗底建设得更加美好。

河北农大林学院齐国辉老师从参加工作就和李保国在一个课题组，在李保国的指导下，很快成长为全校最年轻的教授、博导之一。“我是李老师手把手教出来的！”齐国辉几度哽咽，“今后，我们要循着李老师的足迹，扎根基层、服务群众，担当起绿山富民的重任。”

上午10时，李保国同志遗体告别仪式正式举行。殡仪馆大厅中央，鲜花丛中，李保国的遗体安然静卧，悼念大厅四周摆放着社会各界敬献的花圈、花篮。宽幅挽联“良操美德千秋在，高风亮节万古存”悬挂在殡仪馆悼念大厅两侧，这正是对李保国一生的真实写照。

河北省委副书记赵勇从李教授家中慰问结束后，又同大家一起赶到这里参加告别仪式。

李保国同志逝世后，河北省领导赵克志、张庆伟、赵勇、梁田庚、沈小平、许宁、吴显国送来花圈或以其他形式表示哀悼。广大师生和社会各界上万人怀着十分沉痛的心情，悼念河北农业大学教授李保国同志。

河北省委教育工委书记、省教育厅厅长刘教民宣读省委书记、省人大常委会主任赵克志同志批示，河北农大党委书记程庆会宣读《中共河北农业大学委员会关于追授李保国同志优秀共产党员称号的决定》，校长王志刚介绍李保国同志生平，党委副书记饶桂生主持仪式。

河北省人民政府副秘书长李靖、省科技厅厅长王志欣，保定市委书记聂瑞平，河北省农业厅副厅长张文军、省林业厅副厅长刘凤庭、省妇联副主席王晓燕，保定市委常委、宣传部长肖占乐，保定市委常委、副市长王峰，保定市副市长蒋栋，邢台市副市长王宪明，河北省委第十一巡视组副组长赵铭钦等，参加了李保国同志遗体告别仪式。

李保国曾在中南林业大学资源与环境学院求学深造，并于2004年毕业，获得农学博士学位。比李保国仅大一岁的老师、该校博士生导师谭晓风教授闻听噩耗，为失去这位年富力强的学生而痛惜不已，不远千里，与学生陈永忠从湖南长沙赶来吊唁。

参加李保国同志遗体告别仪式的还有河北省委办公厅、省政府办公厅、省教育厅、省科技厅、省农业厅、省林业厅相关处室的领导和省政府农业开发办、省山区开发办的领导，保定市、邢台市有关部门的领导，河北大学的领导，平山县、临城县、内丘县的领导，前南峪村、岗底村、绿岭果业有限公司、红树莓产业园、葫芦峪农业科技开发有限公司等基地的代表，李保国同志的亲属、生前好友、学校领导和师生代表等。

发来唁电和送花圈的还有：中共河北省委、省政府，中华全国总工会，科技部农村司，科技部中国农村技术开发中心，河北省委组织部、省委教育工委、省教育厅、省科技厅、省农业厅、省林业厅、省总工会、省妇联、省扶贫办、省农林科学院，保定市委、市政府，邢台市委、市政府，唐山市政府，中共河北省委第十一巡视组、省山区开发办、省劳模协会，保定市总工会，承德市科技局，河南省林业局技术推广站，华南农业大学，燕山大学，河北师范大学，河北工程大学，华中农业大学园艺林学学院，绿岭果业有限公司，富岗集团公司，葫芦峪农业科技开发有限公司，河北至高点农业科技有限公司，李保国同志亲属、生前好友，河北农业大学及各中层单位，河北农大大洋洲校友会等。

李保国同志逝世后，河北省委组织部副部长谢振学，保定市委书记聂瑞平、市长马誉峰，河北省农林科学院院长王慧军，河北省科技厅副厅长李丛民，河北省林业厅副厅长刘凤庭、暴常青，河北省总工会副主席张书华，河北省科协副主席许顺斗，保定市委常委、组织部部长李双喜，保定市委常委、秘书长杨文堂，邢台市副市长王宪明等领导前往家中吊唁，并慰问家属。

新华社《经济日报》《中国教育报》《河北日报》、河北广播电台、河北电视台、中国新闻网、长城网、《保定日报》等20多家新闻媒体记者进行采访并参加遗体告别仪式。

前来吊唁的民众面向李保国教授的遗像默哀，表情凝重。最后，送别人群依次进入告别大厅向李保国教授的遗体告别，在哀婉的哀乐声中肃立默哀，并三鞠躬。他的60来位弟子们先后轮番两次跪拜泣别，依依不舍；如果不是工作人员婉言劝慰，他们舍不得离开他们敬仰的老师。

李保国的遗体火化后，平山县葫芦峪的刘海涛和村民们当场就将他的一部分带着温度的骨灰，郑重地安放在精心制作的一只骨灰盒里取走，带回葫芦峪。

邢台内丘岗底村民在杨双牛的带领下，也请求李保国家人能够分得一份骨灰，希望在岗底为他修建一座墓碑，世代保存，永志怀念。后经郭素萍等家人研究，决定将李保国的骨灰分为三份，分别安葬在平山、邢台和保定三地。

邢台市林业局局长钮庆武为李保国送行时，充满深情地握住郭素萍的手说：“邢台永远记着您！希望常来看看。”

郭素萍说：“邢台就是俺的家，我怎能不去呢？”

是的，邢台就是李保国的家，是他的第二故乡，是他35年来魂牵梦萦，不离不弃的地方。是他深情挚爱，终生难忘的地方。是他矢志不渝展开科技攻关，夙兴夜寐，心无旁骛，绿山富农，最后完成一个高级知识分子神圣而崇高的使命，以身报国的地方。

邢台市林业局局长钮庆武（中）与李保国陪同领导考察苹果生长情况

他把自己一生的心血、汗水奉献给了这片土地。有一次，钮庆武问李保国：“为什么在邢台做这么多的事情？”

“邢台有文化，邢台人认科学的账，认河北农大的账！作为河北农大的一员，我没有理由不为这片土地鞠躬尽瘁，死而后已！”这是李保国对邢台的真实评价，也是他选择邢台并扎根邢台，开展科技扶贫，绿山富民，奉献终生的铿锵誓言。

从前南峪到岗底，从南沟到凤凰岭，从狐子沟到树莓谷，李保国留下的足迹数不清！

从富岗苹果到绿岭薄皮核桃，从浆水板栗到红树莓，李保国倾注的心血和汗水无法衡量！

从太行山最绿的地方，延伸至整个燕赵区域内的360公里太行山全段，每片果林他都亲自走过。李保国留下的故事一桩桩，一件件，数不清，讲不完。

岗底的富岗苹果从种到收有着128道工序，每道工序又不只隐藏一个故事，这漫山遍野的树苗你还能数得清有多少故事吗?

岗底村支部里的大喇叭，每天早晨6点半，准时转播中央人民广播电台的《新闻和报纸摘要》节目，7点准时播放歌曲。

李保国去世后，一连好几天，村支部停播大喇叭，以示哀悼。

一天早晨，刘海燕的儿子王喆因为好几天没有听到喇叭里的歌声，便好奇地问她："妈妈，今天的喇叭咋不唱歌啦？"

"李保国爷爷不在了——"刘海燕抚摸着孩子的头，叹息一声。

"李爷爷不在了，去哪里了？"小王喆好奇地追问。

"去天堂了——"刘海燕悲痛地说。

"妈妈，俺听老师讲过，人如果到了天堂就回不来了，俺不愿叫李爷爷去天堂。"小王喆双手紧拽着刘海燕的衣角，用力地来回摇晃着。

刘海燕听到儿子稚嫩而纯真的话语，一股热流从心头涌上来，热泪盈眶。

李保国追悼会后，又过了几天，岗底村的大喇叭才恢复晨播的惯例。

小王喆一大早醒来，正好听到了大喇叭里的歌声。他顾不得穿衣服，光着身子就下了床，跑着去找妈妈。边跑边高声大喊："妈妈！——你快到大街上看看，李保国爷爷肯定又回来啦！"

李保国没有回来，李保国再也回不来了。

小王喆站在家门口，望着村口的远山，茫然而遗憾地摇着头。

我们也遗憾地摇着头，大山里那些熟悉他，并亲切地喊过他李大爷的娃娃们也都茫然无措地摇起了头。

孩子们说，以后我们每天只能听爷爷、奶奶、爸爸、妈妈来讲那

“老山人”的故事。

在山里，村头，农家院里，餐桌上，“老山人”成了一段无时不说，无处不提的故事。在山外，农大校园里，科技扶贫的大会上，报纸杂志上，“老山人”成了一个神奇的传说。

有人说，“老山人”活着的时候是“神”，是“科技财神”。“老山人”死了以后，仍是“神”，是“山神”，“老山神”！虽然他的肉体已经逝去，但他的精神和灵魂依然活着，依然在陪伴太行山的乡亲们，护佑着他们在扶贫攻坚、脱贫致富的道路上锲而不舍，砥砺前行……

时近正午，抬眼西望，头顶飘来几片洁白的云朵。

云朵越积越多，天色骤暗下来。此时的殡仪馆由刚才的沸腾和喧闹，变得静寂无声。

我们最后离开现场，特意从山路返程。沿途两侧，草木葳蕤挺拔。亮晶晶的叶子一堆堆、一簇簇高耸枝头，闪耀着鲜嫩的翠绿，摇曳着灿烂的春光，好像都在向我们招手致意。

他们许是听到了与之再熟悉不过的老朋友——李保国的脚步声。

一阵风吹过，猛然回眸，恍然望见在那太行的高处俨然屹立着一个个相同的身影，憨憨地笑着，表情朴实而坚定。定睛一看，那是点缀在山顶的漫山遍野、花枝满头的一棵棵果树，郁郁葱葱……

转眼间，李保国离世已38天。

李保国先进事迹报告会首次在邢台举办之后，整整30天。

2016年5月19日上午9时30分，河北省会石家庄河北会堂内气氛庄严肃穆，由中共河北省委主办的“太行山作证——李保国同志先进事迹报告会”在这里隆重举行。报告人几度哽咽，台下2300多名干部群众潸然泪下，现场多次爆发热烈掌声。

报告会上，《河北日报》驻邢台记者站原站长刘秀礼，岗底村党总支书记杨双牛，李保国的长期助手齐国辉，河北绿岭果业有限公司技术总监、李保国的学生陈利英，河北农业大学研究员、李保国的妻子郭素萍，河北农业大学党委副书记、“李保国扶贫志愿服务队”总队长饶桂生等6位同志饱含深情地依次讲述了李保国生前生命不息、奋斗不止的先进事迹，真实再现了一名优秀共产党员无私奉献的一生。

中共河北省委举办李保国同志先进事迹报告会

“李保国把一生献给了太行山，献给了太行山人民，他的死比太行山还重！”刘秀礼第一个走上报告席，充满激情地作出以上评价。他永远忘不了今年4月2日中午和李保国一起吃的最后一顿饭，当时李保国气色不好，却还是没日没夜地忙碌着，大家责问他是不是不要命了，李保国回答：“那么多农民在等着我，我脱不开啊！”

刘秀礼回忆，他在1996年冬天到内丘县采访时，听说岗底村来了一位大学教授，领着群众治山治水种果树。便到现场一看，沟沟坎坎，人山人海，更鼓舞人心的是山顶上那标语：科技财神进太行，穷帽甩到太平洋；跟着星星月亮走，锅灶支在托梦沟。

村干部告诉刘秀礼，河北农大的李保国来科技扶贫，说这条沟里的板栗、柿子，效益低，建议改种苹果。种苹果要把鱼鳞坑改造成水平梯田。李保国拿了个方案，和群众一起上了山。说着手一指：“半山腰抡锤的就是他。”走到跟前，李保国一身农民打扮，怎么看也不像个大学教授。刘秀礼自报家门，表示要采访他。可他手一摆：“我没啥说的，您听听群众的吧，多提点意见。”说着他又抡起了大锤。村干部解释，李老师办事就怕不顺群众的心。

一位大教授有如此的群众观点，深深打动了刘秀礼。从那时起，刘秀礼靠一双记者特有的慧眼便“盯住”了李保国，从此与他结下了20年的深情厚谊和不解之缘。成为跟踪李保国采访时间最长的新闻记者。也可以说，是刘秀礼以记者的职业敏感和使命，以强烈的事业心和责任感，发现、挖掘出了李保国这么一个具有划时代意义的先进典型人物。

内丘县岗底村党总支书记杨双牛再次回忆起李保国带领群众种苹果的往事：他自掏腰包推广苹果套袋技术、他手把手教村民管果树……杨双牛流着泪说：“岗底村原来是贫困村，今天人均收入超过31000元。岗底的穷帽子，是李保国帮我们摘掉的；村民的好日子，是李保国用命换来的，李保国是我们岗底人的大恩人啊！”

“作为一名大学教授，他为什么一年200多天扎在山里？因为他始终坚持一个理念——生产为科研出题，科研为生产解难。”跟随李保国20年的助手齐国辉见证了李老师用点石成金的科技之手，让太行山区的一个个村子绿起来、富起来。“您走了，但您的精神已深深扎根于我们心中，我们一定不辜负您的期望，把您未完成的事业做得更好。”齐国辉再次含泪许下诺言。

报告会上，学生陈利英哭着追忆：老师是“严师”，会因为学生写论文不认真，罚其在学校写到大年三十才回家；老师更是“慈父”，会想着帮她凑钱买房、帮师妹找对象。“我们早就把您当成‘父亲’，只是还没尽一天孝心，您怎么就突然走了！”陈利英悲伤哭号，情绪几乎失控。

李保国的妻子郭素萍，既是李保国的人生伴侣，也是他的工作搭档。自李保国去世后，她的身体十分糟糕，血压、眼压一度升高，心脏出现异常，晚上经常失眠。李保国的精神一直激励着她，学生的体贴，亲友的关爱，使他走向了讲台。这是她第一次以同学、同事和妻子的身份参加报告会。

郭素萍再一次谈及自己与众不同的“三个家”，其中充满了酸甜苦辣。她只要和李保国在一起，不管走到哪里，都是一个完整的家，但如今李保国撇她而去，这个本不固定的“三个家”，哪一个也变得不再完整……

“他不是不知道自己的身体状况，他是怕时间不够，他怕他少帮了一个扶贫点，就会辜负一群人的希望。”郭素萍几度哽咽，泣不成声，“保国，多想和你再去岗底看苹果，多想和你在车上聊绿岭核桃，多想和你再吃一顿团圆饭。保国，我想你！”

河北农业大学党委副书记饶桂生表示：全校师生将以李老师为榜样，弘扬“太行山精神”，拓展“太行山道路”，让李保国扶贫志愿服务队的旗帜高高飘扬在燕赵大地。

聆听饱含真情的讲述，感受李保国的崇高风范和人格力量，台下听众热泪盈眶，会场内多次爆发热烈的掌声。掌声和泪水背后，是大家对李保国的思念和敬仰，是对他播撒幸福于太行山的执着精神的感动。

2016年5月23日，中共中央宣传部授予李保国“时代楷模”荣誉称号，并在中央电视台“时代楷模”发布厅录制李保国先进事迹现场，颁发了“时代楷模”纪念章和荣誉证书。5月26日，中宣部在中央电视台向全社会公开发布“时代楷模”李保国的先进事迹。

郭素萍从颁奖者手中接过纪念章和荣誉证书后，手捧着鲜花和这份沉甸甸的荣誉接受了著名主持人敬一丹的现场采访。她掷地有声地说：“保国走了，但我们的团队还在，我们一定会把他没来得及干的事干完、干好！”

中央电视台“时代楷模”发布厅录制现场

这时，演播室里响起了热烈的掌声。郭素萍朴实的话语中，饱含着对李保国科技扶贫职责的坚守，以及对延续李保国这份事业的决心。

李保国走了，岗底人在山顶为他开掘了一座墓，把他的骨灰安葬。他们还想在山顶为他塑一尊像，让他永远欣赏岗底的蓝天白云、翠绿山岗，亲眼看着他生前谋划的岗底生态大花园项目变为现实。

李保国走了，但他的精神与太行同在，他的事业如绿树常青。

他的学生还在太行山帮扶基地一如他一样，辛劳工作。

他的果树管理技术还在各个山村的果农间传播。

以他名字命名的“李保国扶贫志愿服务队”的队员正在打点行囊，奔赴各个扶贫点，展开工作。

他的精彩故事正在全国各地百姓中争相传颂……

李保国，冀武邑人氏，河北农业大学教授也。卅载劬劳，写传奇于太行山。一心奉献，尽忠诚于中国梦。崇奉“我变农民，农民变我”座右铭，倾情林果栽培，致力山区开发。推广卅六项成果，撰写百余篇论文。训育十六处典型，引领万余众脱贫。乐以扶农，与之同甘苦。勤而敬业，凭其铸精神。然不幸积劳罹疾，年五十八而逝。呜呼，心系民者，民亦爱之。立碑于村口，记功于人心。赞曰：音容宛在，振樾登冈。连天绿海，永纪芬芳。

这是岗底村为李保国撰写的碑文，是对他这个“时代楷模”一生的最简洁的概述和总结。

李保国是树立在太行山上的一座丰碑！

李保国是太行山10多万果农以及所有老百姓心中的一座丰碑！

太行东麓，燕赵大地，必将涌现出千千万万个李保国式的优秀党员干部和知识分子，汇聚起艰苦奋斗、一心为民、无私奉献的磅礴力量，继续奔走在李保国所走过的道路上，把他那见不得的老百姓的“穷”全部甩掉，采撷科技和智慧的花朵，铺就一条通向美丽、繁荣和富强的锦绣大道。

尾声 不朽的丰碑

多么熟悉的声音，陪我多少年风和雨。

从来不需要想起，永远也不会忘记。

没有天哪有地，没有地哪有家，没有家哪有你，没有你哪有我。

假如你不曾养育我，给我温暖的生活。

假如你不曾保护我，我的命运将会是什么？

……

这首曾经风靡一时、脍炙人口的电影《搭错车》中的插曲《酒干倘卖无》，当时感动了许多人，在那个时期几乎人人会唱。现在，我们把这其中的歌词拿来送给李保国，感到再贴切不过了。

是的，李保国走了，离开了他热爱的巍巍太行山和大地上的花草林木，还有我们对他的无限热爱和依恋。多么熟悉的声音，依然回荡在果林里的树梢间，多么熟悉的身影，依然穿梭于已经不再是荒岗野坡的绿水青山，风风雨雨陪伴了我们整整35年。

在太行山最绿的地方前南峪，在岗底村的“红苹果乐园”，在南沟村填平尾矿后建起来的幸福生活的经历里，在狐子岭上漫山遍野的核桃花飘香的季节里，在红树莓基地果实累累的串串的甘甜里，我们根本不用特意去想念什么或者回忆什么，那些青葱的绿色和鲜美的果实，永远注满着对李保国绵绵无尽期的思念。没有李保国，就没有我们这些地方的幸福生活，是李保国，给了我们这方水土和人民最温暖的生活，如果不是李保国的来到，我们这里的命运，到现在真的不知道会是什么样子……

荒山，一座座变绿了；林果，一天天挂满枝头；笑颜，一天天绽放开来。

35年来，李保国教授用他自己独特的方式，在邢台的太行山区，完成了一个“掌握着知识的人”、一个知识分子“以身报国”的夙愿。他做过的事、说过的话，都已经成为传奇，因为他是用自己最实际的行动和最直接的方式，真正改变了无数农民的命运。而且这种改变是具有生命力的，虽然现在李保国离开我们了，但他传授给农民的那些知识和留下的科研成果，依然会让一代代农民继续受益。

李保国教授，真正做到了精神与太行山同在，与太行一样永恒。

从古至今，翻遍史册，没有人这样做，也没有人敢于这样做。

又有谁，敢于发出“你的幸福我包了”这样的雄心壮志？

只有李保国敢于这样做，而且做到了。

担保给别人幸福，尽管，他当时只是对一个普通的村民杨群小随口一说，似乎只是对他一个人的承诺，但是，在这35年间的漫长岁月中，李保国将他的这一决定和信念，始终如一地贯穿到了自己的全部生活之中，并为之奋斗终生。

也许，这个不经意的对别人幸福的“承包”，居然包下了山区10多万人的幸福，而且是“造血”式的长久的幸福。

李保国，他是为农民谋取幸福而活着的，他把幸福播撒在巍巍太行山中贫穷山村的每一个村落。

党和政府“焦虑”的事情，难办的事情，一个普通的大学教授居然做到了，让我们感慨万千，不知道该说些什么……

在采访和撰写李保国事迹的过程中，我们一次次感动着，总想归纳或者总结出点儿什么以对我们今后有所启迪，但面对他那诸多的、在常人看来不可能做到的动人故事，又让我们颇感字笨词拙，纵使搜肠刮肚也难以书表。在这里，我们节录储瑞耕先生撰写并在人民网、长城网刊发的时评《李保国是一面明镜》中的一段文字：

李保国的成功实践，可以给我们许多有益的启示。

启示之一：一个人，什么叫人生有意义？李保国的人生是最有意义的。通常情况下，人的寿命超不过百年，都是这样；可人与人的人生意义和价值往往是很不相同的：君不见有的人为人民建功立业，同时丰富和成就了自己的人生；而有的人却碌碌无为，虚度年华；有的人个人主义膨胀，得志便猖狂，贪赃枉法，祸国殃民，遗臭万年。

启示之二：一个公民，什么叫爱国爱家？李保国是最爱国爱家的。爱国爱家都不是抽象的概念，而是具有丰富实在的内涵，你要尽心竭力，把自己的一份责任真正尽好，在建设好自己的家园、自己的国家的实践中建功立业。尤其在艰难困苦的时候，更要经受住各种考验。这是一个人有没有人格操守的严肃问题。可是，在现实生活中，却有那么一些人，甚至担任着高级职务的干部，他们“藏绿卡”做“裸官”，看党和人民事业的“哈哈笑”，随时准备脚底抹油，直奔西方国家而去，他们既不爱家更不爱国，本质上说是共产党和人民共和国的“贰臣贼子”！

启示之三：一个干部，什么叫工作在状态？李保国是工作最在状态的。干部干部，核心在“干”。如今居然在相当一部分干部中出现了“不在状态”的怪现象，他们对“自己是干什么吃的”问题揣着明白装糊涂。有的干部成天神思恍惚，心猿意马，五心不定，六根不净。有的干部从那些倒下去的苍蝇老虎身上“消极记取教训”，变成干脆什么也不干。李保国（还有他的妻子）长年奋斗在山林，无人来监督，骏马不劳鞭；而与此尖锐对立，我们不少干部，中央三令五申，社会公众监督，他们统统置若罔闻，照样我行我素——或在贪占上不松手，不收敛，或在工作中饱食终日，无所用心。比之李保国，有着何等的天壤之别！

启示之四：一个共产党员，什么叫保持了先进的政治本色？李保国是最保持了先进政治本色的。共产党员先进的政治本色，总要在具体的实践中体现出来；共产党员的政治本色，九九归一，就是全心全意为人民服务，舍此没有任何别的衡量标准！你头戴一顶共产党员的“红帽子”，把“先进的政治本色”念上一万遍，却并不去实行，甚至做出许多违背宗旨的坏事丑事，何用之有？

中共河北省委在李保国逝世前的2016年2月2日，作出了《开展向李保国同志学习活动的决定》，全文如下：

为全面贯彻落实党的十八届五中全会和中央扶贫开发工作会议精神，举全省之力打赢脱贫攻坚战，教育引导全省各级党组织和广大党员干部为建设经济强省、美丽河北不懈奋斗，省委决定在全省广泛开展向李保国同志学习活动。

李保国同志是河北农业大学林学院二级教授、博士生导师，中共党员。他30多年扎根太行山区，立志做太行新愚公，矢志把最好的科研论文写在太行山上，探索出了一套可复制可推广的山区脱贫新模式。他创新了太行山板栗、苹果、核桃栽培等技术体系，培育出多个全国知名品牌，实现山区农民增收28.5亿元，走出了一条经济社会生态效益同步提升的扶贫新路。

李保国同志是扎根山区、脱贫攻坚的杰出楷模，是情系百姓、科技扶贫的先进典型，是服务基层、服务群众的优秀代表，是“三严三实”专题教育的一面镜子。李保国同志的事迹非常感人、精神十分可贵。

要学习李保国同志对党忠诚、心系群众的政治品质。李保国同志始终牢记共产党员的政治使命，牢记为人民服务的根本宗旨，为早日让山区群众脱贫致富，长期安家偏远山区，立志改变贫困面貌，在扎根基层、服务群众中实现人生价值。全省党员干部要以李保国同志为榜样，牢记共产党人的政治责任，忠于使命，勇于担当，始终把群众利益放在心上，千方百计办好顺民意、解民忧、增民利的实事。

要学习李保国同志技术扶贫、精准脱贫的务实作风。李保国同志坚持扶贫先扶志，扶贫必扶智，把课堂摆在山间地头，毫无保留地传授实用技术，致力于让农民变成技术能手，许多在贫瘠山沟“刨食”的农民因此甩掉“穷帽子”。全省党员干部要以李保国同志为榜样，牢记贫困群众对美好生活的热切期盼，因地制宜，分类施策，精准发力，精准攻坚，引导贫困地区广大干部群众解放思想，坚定信心，靠自己的勤劳和智慧建设美好家园。

要学习李保国同志艰苦奋斗、愚公移山的拼搏精神。李保国同志将太行山区生态治理和群众脱贫致富作为自己的毕生追求，苦苦钻研技术，解决实际问题。单是山区土质治理，李保国同志和他的团队就整整研究了十几年。全省党员干部要以李保国同志为榜样，扎根基层一线，始终保持一种“敢教日月换新天”的斗志，干在实处，久久为功，扎扎实实把各项工作不断向前推进。

要学习李保国同志淡泊名利、无私奉献的价值追求。李保国同志把科研成果写在了太行山上，虽积劳成疾、多病缠身，他却毫无怨言。他不计个人得失，但对群众却是有求必应，始终把服务农民、服务农业、服务企业作为公益事业来做，被农民亲切地称为“科技财神”。全省党员干部要以李保国同志为榜样，自觉加强党性修养和党性锻炼，始终做到大公无私、公而忘私，殚精竭虑，激情奉献，干净做事，奋发有为，积极为全面建成小康社会作出自己应有的贡献。确保贫困地区和困难群众如期脱贫，确保全面建成小康社会，迫切需要一大批像李保国同志这样的优秀党员干部，扎根基层，苦干实干，带领群众脱贫致富奔小康。

各级党组织要高度重视、精心组织，广泛开展好向李保国同志学习活动。各级领导干部要以李保国同志为标杆，联系工作实际和思想实际，身体力行，率先垂范，切实发挥好模范带头作用。各级宣传部门要广泛宣传李保国同志的先进事迹，发挥先进典型弘扬正气、振奋精神、示范引领和凝聚正能量作用。各级各部门要把向李保国同志学习活动与开展“三严三实”专题教育紧密结合起来，与解放思想大讨论紧密结合起来，让千千万万个李保国不断涌现出来，为谱写中华民族伟大复兴中国梦的河北篇章作出新的更大贡献。

2016年6月12日下午，李保国同志先进事迹报告会在北京人民大会堂小礼堂举行。报告会前，中共中央政治局常委、中央书记处书记刘云山亲切会见了报告团成员，向李保国亲属表示慰问，并颁发了中央组织部追授李保国同志的“全国优秀共产党员”证书。

刘云山在会见时说，李保国同志的先进事迹体现了我们党全心全意为人民服务的宗旨，彰显了共产党人的本色，是一面很好的镜子。广大党员干部要认真落实习近平总书记重要批示精神，自觉向李保国同志学习，以先进典型为镜，筑牢对党忠诚的政治品格，保持纯正质朴的百姓情怀，弘扬扎实苦干的优良作风。要坚定信念、不忘初心，坚守共产党人的精神高地，带着对群众的深厚感情做工作，矢志不渝为党和人民的事业而奋斗。要坚持求实务实，从一点一滴做起，干在实处、走在前列，把业绩写在大地上。要淡泊名利、严于律己，树立清正廉洁、甘于奉献的良好形象。各级党组织要把李保国等先进典型作为“两学一做”学习教育的鲜活教材，引导党员干部对照学习，争做合格共产党员，更好发挥先锋模范作用。要把学习李保国同志先进事迹同打赢脱贫攻坚战结合起来，同推动科技创新、建设世界科技强国的实践结合起来，更好促进经济社会持续健康发展。宣传部门和新闻单位要深入宣传李保国同志的先进事迹和高尚精神，让更多的人受到教育和激励。中央政治局委员、中央书记处书记、中央宣传部部长刘奇葆，中央政治局委员、中央书记处书记、中央组织部部长赵乐际，教育部部长袁贵仁等参加会见。

人民大会堂李保国同志先进事迹报告会现场

报告会由中央组织部、中央宣传部、教育部和中共河北省委联合主办。各主办单位负责同志、中央和国家机关干部代表、北京市基层党员干部代表、首都高校师生代表、河北省委宣传部及相关厅局负责同志等参加报告会。报告会由中宣部副部长王世明主持，中共河北省委书记赵克志、中组部副部长齐玉、教育部副部长刘利民及河北省委常委、宣传部部长田向利等出席报告会。

报告会在国歌奏唱声中开幕，中宣部副部长王世明首先宣读了习近平总书记重要批示，而后报告团成员开始作报告。河北农业大学党委副书记饶桂生以《他是太行山的儿子》为题，内丘县岗底村党总支书记杨双牛以《我见不得老百姓穷》为题，河北绿岭果品有限公司技术总监、李保国的学生代表陈利英以《我们的严师慈父》为题，河北农业大学研究员、李保国妻子郭素萍以《我和保国的三个家》为题，河北广播电视台驻石家庄记者站站长于良以《民心深处有丰碑》为题，5名报告团成员依次从不同角度，生动讲述了李保国同志的先进事迹和崇高精神。700多座位的小礼堂，座无虚席，观众神情专注，无不动容，泪水不断，现场多次响起热烈而长久的掌声，表达对李保国的无限敬意。

报告结束后，中组部副部长齐玉、教育部副部长刘利民先后宣读了《中央组织部关于追授李保国同志“全国优秀共产党员”的决定》和《教育部关于追授李保国同志“全国优秀教师”的决定》。

6月14日下午，李保国先进事迹报告团首场巡回报告会在黑龙江哈尔滨市东北林业大学举行，这是报告团全国巡回报告的首站。随后，报告团还将赴江苏、湖北、陕西等地作巡回报告。

在李保国身上，有很多的品质和精神都值得我们敬仰和学习，我们可能从各个方面和各个角度去审视和解读他。然而，在李保国的道德情操中，有一个最最重要的，那就是他的不图名利，这恐怕是许多人做不到的。

“不留浮名身后知。”

难道不是吗？李保国扎根山区帮助村民们致富，纯粹是帮助别人而不是为了自己出名让别人记得他。他从没有希望让人向他学习，不希望在他离去让人宣传他、歌颂他，更不希望得到物质上的享受。

三十多年来，李保国都是义务为乡村服务，从没拿过群众的一针一线。他规划、扶植、策划了那么多名牌林果产品，有的公司效益巨大，但他从没向企业要过一分钱。当他功成名就，党和政府将要褒奖他的功德，给予他各种荣誉称号，新闻媒体宣扬他的事迹的时候，他却不情愿去享受这些荣誉和光环。他愿意累在为老百姓的幸福上，不愿意累在名利上。

这就是只会“承包别人幸福”，为农民谋幸福，而自己从不会享受幸福的李保国；这就是义务行走在太行山深处为穷苦农民脱贫致富的志愿者，而不是衣着光鲜、四处奔走讲学还讨价还价索要讲课费的那种网上讽刺的个别“叫兽”。再有几年，李保国就要退休了，生前，他曾经这样说起自己未来的生活：“到那时，我和老伴儿一起找个山村住下，愿意做太行山上的一棵树，把根永远扎在这里。”

李保国何止仅是一棵树，他的思想境界，他的精神意志，他的艰苦奋斗，他的创新观念，他的励志故事，已经成为一座让我们仰止的大山，巍峨，壮观。他用生命染绿了荒山野岭，这座大山的棵棵绿树都附着了他的魂灵。

巍巍太行是一座英雄之山，那上面凝聚着我们民族的魂魄和气节，在战争年代，为了生存和尊严，不乏前赴后继，抛头颅、洒热血的忠勇志士，他们将自己的英名铭刻在了大山之上，让我们永志怀念。今天，在和平年代，同样是为了生存和尊严，还有幸福和美好，李保国挺身而出，敢于发出“你的幸福我包了”的呐喊并不遗余力地用生命践行这一诺言。他不仅仅是知识分子的楷模，更是中华儿女的杰出代表，他将像往昔的战斗英雄一样，与太行山同在，与日月同辉。

2016年5月20日初稿

2016年5月29日二稿

2016年6月14日定稿

后　记

其实，我们早在20世纪90年代就知道李保国教授。

尤其是在河北省邢台市，他很早就大名鼎鼎。但那时只知道他在几个山区县帮农民种果树，那里有许多山村都是他长年累月"包"的"点"。关于他的事迹报道不是很多，但也曾关注过。

当时，我们也想过，从文学的角度为他写点儿什么，也零零星星积累了一些素材。然而，由于后来党和政府对李保国事迹的高度关注，尤其是在他被树为典型后，中央级各大新闻媒体对他的先进事迹进行连续的宣传报道，却使我们踟蹰犹豫，不知如何下笔，故望而却步。可在这期间他却突然离世，这使我们备感震惊。我们暗自下定决心，用我们手中的笔，书写和记录他感动我们、感动燕赵、感动中国的精彩人生。

无论是官方还是民间，从各个方面，各个角度，各个层面来解读、评价、挖掘和认识李保国，即使说他伟大和不朽，一点儿也不为过。

因为，在如今这个时代，一个大学教授，主动走出"象牙塔"，风尘仆仆奔波于太行山地区，不是为做一件好事，而是多年来只争朝夕要做一辈子好事，为千千万万的农民谋幸福，甚至不惜"累死"，至今也许只有李保国一人。

一个人战天斗地，一个人精准扶贫，一个人为贫穷百姓谋幸福，他是和平年代和新时期的“战斗英雄”。

“李保国这个人，值得写。”

“这个人，经得起时间和历史的检验。”

“他的故事，应该让更多的人知道。”

许多人见了我们都这么说。

是啊，作为文学工作者，表现这个时代的英雄，弘扬时代精神，歌颂为大多数人的利益而甘愿牺牲个人利益的“好人”，这是我们用任何理由都不可推卸的义务和责任。就像习近平总书记在文艺座谈会上的讲话所说的那样：“作家艺术家应该成为时代风气的先觉者、先行者、先倡者，通过更多有筋骨、有道德、有温度的文艺作品，书写和记录人民的伟大实践、时代的进步要求，彰显信仰之美、崇高之美。”

但是，李保国的事迹繁若星辰，言行朴实纯粹，境界深邃高远，精神博大精深，我们该怎样再现这位具有划时代意义的风云人物呢？一连数日，我们走访李保国生活和工作的所有地方，与认识他的人交谈，先后组织了6次集中座谈，采访了他生前开展治山富民、科技扶贫的前南峪、岗底村、南沟村、临城县绿岭薄皮核桃基地、南和县红树莓种植基地等重点农村和企业的近百名和他有过交往的干部、村民、学生、果农、企业员工。聆听他们讲述一件件生动感人的事迹，一段段真挚动人的回忆，一个个令人难忘的瞬间，使我们对他有了更加全面的认识和了解。品味他铿锵有力、朴实执着的话语，感悟他朴素平凡、崇高伟大的人生，使我们多次流泪、动容、心潮澎湃。再加上我们多年前对他的了解和掌握的一些素材片断，几经整理，几易其稿，终于完成了这部书稿。

我们试图还原李保国靠科技在河北太行山区开展“精准”扶贫的故事，视点尽量下沉，力争把他写得有血有肉，血肉丰满，不去刻意“拔高”。尽管如此，我们还是感到有诸多遗憾。因为，在李保国这些可歌可泣，令人感动的故事面前，任何语言的描述都感到苍白。好在，李保国的业绩都铺排在大山上，都流传在民间的口口相传之中，我们的文字，算是多一种形式的补充。

本书在写作过程中，得到了中共邢台市委书记张古江，市委副书记、市长董晓宇，市委常委、宣传部部长王荣丽，市委常委、组织部部长田金昌，市委宣传部常务副部长赵雪峰，市委组织部常务副部长冯书魁等领导同志的大力支持；同时，也得到了李保国妻子郭素萍，内丘县岗底村党总支书记杨双牛，邢台县前南峪村党委书记郭天林，河北绿岭果业有限公司董事长高胜福，河北至高点农业科技有限公司董事长周岱燕，临城县南沟村党支部书记安小群及河北农大博士生导师齐国辉，《河北日报》驻邢台记者站原站长刘秀礼，邢台市林业局局长钮庆武，李保国教授学生陈利英、施丽丽等人的热忱帮助，我们在此向各位致以深深的敬意！

在此，要感谢中国作家协会和河北省作家协会将此书列为2016年重点扶持项目。本书创作得到了中国报告文学学会常务副会长、《中国报告文学》主编李炳银，中国作协理论处处长、中国报告文学学会副会长李朝全，《中国作家》主编王山、纪实版编辑部副主任汪雪涛，河北省委宣传部文艺处处长王振儒，河北作家协会党组书记康振海，副主席王力平、李延青、刘建东等在写作中给予的具体指导。

在写作过程中，除了我们亲自采访有关当事人之外，还参考和依据各大媒体记者的采访报道和通讯、消息等。书中所配图片来自新华社、央视网、《河北日报》、河北广播电视台、《河北青年报》、长城网等媒体的摄影、摄像记者，来自河北农大宣传部、内丘县岗底村、河北绿岭果业有限公司、邢台县前南峪村、临城县南沟村、河北至高点农业科技有限公司等李保国同志生前工作、关怀、指导、帮助过的单位、企业、村庄以及生前友好和邢台摄影家文天平、王云等；图片编辑也得到河北广播电视台新闻活动中心冯大年先生的热情帮助。在本书付梓之际一并表示我们的感谢。

在这里，尤其要感谢花山文艺出版社张采鑫总编辑、赵锁学副总编辑和本书责任编辑郝卫国先生为之付出的辛劳。

用眼泪和心血记录李保国，用真情和思念追忆李保国，用行动和实践学习李保国，做李保国式的写作者，是我们最重要的思想收获和心灵慰藉。

再次向李保国教授致敬！

并以本书送去我们的祭奠，愿他在天堂里安息！

向所有关注此书出版并给予各方面支持的各界朋友致敬！

由于创作时间仓促，书中难免有疏漏和不妥之处，恳请广大读者批评指正。

贾兴安　高玉昆

2016年6月14日